Nacido en 1951, Armando Ramírez irrumpió en el mundo de la literatura a principios de los años setenta con Chin Chin el Teporocho, novela que marcó un hito en la narrativa nacional por su desenfadado y crítico acercamiento a la vida en la ciudad de México y por su vigoroso retrato de las clases populares que en ella habitan. A esta primera obra le siguieron Violación en Polanco, Noche de Califas, Tepito, Quinceañera, La Casa de los Ajolotes, entre otras. Algunos de sus trabajos han sido llevados con éxito al cine y al teatro. En conjunto, su obra narrativa tiene un sello inconfundible que se advierte en el uso del lenguaje y en el rescate de la vida y costumbres de cierto sector de la sociedad. Ramírez se ha desempañado también como guionista, reportero y realizador de programas de televisión.

TIEMPO DE MÉXICO

TIEMPO DE MÉXICO

¡Pantaletas!
Confesiones sentimentales del estudiante Maciosare:
¡El último de los mohicanos!

El día siguiente

¡Pantaletas!
Confesiones sentimentales del estudiante Maciosare:
¡El último de los mohicanos!

Armando Ramírez

OCEANO

Editor: Rogelio Carvajal Dávila

¡PANTALETAS!
Confesiones sentimentales del estudiante Maciosare:
¡El último de los mohicanos!

© 2001, Armando Ramírez

D. R. © EDITORIAL OCEANO DE MÉXICO, S.A. de C.V.
        Eugenio Sue 59, Colonia Chapultepec Polanco
        Miguel Hidalgo, Código Postal 11560, México, D.F.
        ☎ 5279 9000 📠 5279 9006
        ✉ info@oceano.com.mx

PRIMERA EDICIÓN

ISBN 970-651-572-0

IMPRESO EN MÉXICO / PRINTED IN MEXICO

1

Mi madrecita santa, un santo día, a la hora de hacer la inmaculada tarea, me dijo:

–Estudia, hijito, ten un título universitario. Y serás como don Benito Juárez. Verás qué bien te va en la vida. Encomiéndate a la Virgen de Guadalupe.

¡Esa pinche tarde, mi madrecita santa no sabía la pendejada que me estaba haciendo creer! ¡Pobrecita! Histórica fue esa tarde en mi destino, me acuerdo: la tarde era soleada, el cielo azul estaba cargado de borreguitos pastoreados por el Benemérito de las Américas.

Mi madre era una jovencita tejedora de ilusiones para su hijo. Ella ponía el esfuerzo y el presente de su vida para mejorar el futuro de su chilpayate.

Un ser en la soledad del universo: todo ganas para que con el estudio, ¡yo!, brincara la alambrada de la pobreza.

¡Cruel desengaño! La juventud entera de una mujer tirada a lo loco por una quimera.

Yo era un chiquillo de ojos vivaces, como capulines en el mes de mayo; una santa ladilla diplomada, doctorada y cosmonautada.

¡Tenía seis tiernos años! ¡Y mi madre como veintitrés! Mi padre como veinticuatro o veinticinco; y mi hermano como cuatro y ya se le veía lo gandalla.

Éramos una típica familia Telerín: La familia pequeña vive mejor.

Yo era un escuincle creyendo a ciegas en el profundo foso de la sabiduría maternal; sus frases no eran para mí, su hijito lindo y querido, el undécimo mandamiento de la Ley de Jonás, ¡no!, eran las palabras proféticas, recién saliditas del Oráculo de las revistas del corazón.

—Ya estás distraído, ¿verdad?

Plas. Crash. Zúmmmmbale. Sonaba el manazo maternal sobre mi cabezota por andar papando moscas en Marte, mi madrecita amada seguía hilando frases finas:

—¡Sácate esa goma del hocico! No estés de babas, ya termina tu tarea, hijito de tu...

Plas. Crash. Buumm. Y sorrájate este otro. *Puumm.* Mi cabecita nada más retumbada con sus sesos zangoloteados. Las orejas me ardían. Los argumentos maternales seguían a pesar de mis retobos, con impostada voz de niño héroe a punto de tirarse de cabeza desde el torreón del Castillo de Chapultepec. Imaginaba: mi cuerpo envuelto en la bandera mexicana, hecho un taquito sudado. *Rájale, campeón. Croon. Pácatelas, sopas de perico verde, salpica de catsup las rocallosas:*

—Síguete haciendo y te pego... —*y zas,* va de nuez como un pez; manazo a plenitud sobre mi gigantesca nuca *olmeca.*

—Pos si sí estudio, mamacita linda y querida —esgrimía con mi lógica—, nomás que ya me cansé de tanto estudiar —y con frialdad cartesiana asumí mi compromiso. Grité deschavetado—: Mi cerebrito me dice que ya quieeero salir a jugar.

Pero la madrecita con la serenidad del compromiso asumido recomendó:

—Querer es poder, mi Reyecito —aquí debo de confesar, así me decía: "Reyecito", pero yo más bien creía que me decía: "Güeyecito".

¡Y tómala mi Rey de chocolate con narices de cacachuate ahí te va este pellizco en el brazo!

—¡Ándele, mijito, repita la tarea, no me responda que me enojo! —palabras balsámicas. Según mi Reina, eran frases motivadoras para mentalizar al jodido; terapia guadalupana para brincar la frontera hacia el primer mundo.

Eso sí, como recomendaba mi doctor Sigmund Freud, a pesar de los manazos sobre mi choya y espaldita, mi vista no se apartaba del libro de primer año de primaria mientras debajo de la mesa me apretaba el pizarrín.

Era una manera de demostrarle a mi jefecita que su chilpayate era entrón con las letras aunque las letras no fueran entronas con el mocoso.

Pero: *La letra con sangre entra* aconsejaba Pestalozzi, el pedagogo de cabecera de mi mamacita. Y órale ahí va un librazo sobre la espalda del chiquillo.

–¿Cómo se dice si juntas la ese y la i? ¿Cómo se dice, cóoomo-sedicecómossss dicecómosedicecómosedicecómosedicecóooo?

Yo con oquedades en el cerebro me sentía un huerfanito en el universo; exclamaba un alargamiento rítmico de la Oooo, la vocal del jinete que le jala la rienda al caballo:

–¿*Ooooo...*? —la incógnita hacía relinchar mis neuronas. Y luego las dulzuras de la responsabilidad maternal.

–¡*Menso! Ssssiiii, ¡si! ¡Sí!* —lloraba, sí, yo lloraba de felicidad cuando la frase inmortal documentó mi espíritu:

–*Ssssí*, repite, *sssí, ssse pu-eee-de*, sí se puede, sí se puede. —la voz de mi mamita era como la de un presidente de la República con botas de ranchero Malboro— repítelo, sí se puede —y yo como un loro pergueñando colores tricolores decía la frase lo más bonito que podía, casi como un himno nacional:

–*Buuú, bu, bu...* Sí se puede, *sííí seee puuu-eeeee-deee.*

Mi madre feliz, por fin, dejó de dar mazapanazos sobre mi tierna humanidad.

Pero ya mi choyita era atolondrada cabecita. El brazo me ardía y las sssss con la vocal del ratoncito me perseguirían como pirañas en el mar de la noche. En sueños mi angelito de la guarda aleteando se burlaba, rebuznaba.

–*A, E, I, O, Uuuu*, el burro sabe más que *túuuuuuuu...* ¡Lero, lero, el burro sabe más que tú!

El Ángel era botijón y cachetón y se doblaba de la risa mientras mis orejas crecían y crecían hasta envolverme y formar una corbata de moñito alrededor de mi espigado cuello; el moñito me asfixiaba, a medida que aumentaba la presión sobre mi cogote. En el sueño, el moño sólo alcanzaba a deshacerse cuando de manera natural podía cantar, al juntar en una sílaba a la *sss* y la *ííí*, como mezzosoprano:

–¡Ssssssíiiii...!

En ese precioso instante una burbuja explotaba desvaneciendo a mi de la guarda y me hundía en un sueño a pierna suelta hasta que el arrullador saludo mañanero de mi mamacita me despertaba:

–¡Ya levántate, *cabrón, meón!*

2

Pero todo esto sucedió por culpa del Pájaro Madrugador. Lo

idearon para ver si podían globalizar al mundo; la prueba fue un programa de televisión llamado *Nuevo Mundo*, enlazando a países de diferentes partes del planeta.

Y ahí tiene, el día que se enlazó el mundo por primera vez a través de un satélite de comunicación, *yo salí en la televisión*.

Mi jefecita estaba en el ajo, a la par de los Beatles; ellos desde Inglaterra y esta mujer genuina desde el Centro Médico del Seguro Social, en Chilelandia.

Como dice mi mamacita: "ya traía mi carisma"; y cuando la vieron bien panzona los doctores, se dijeron: *ésta es la estrella*.

No me acuerdo muy bien porque debí de haber estado muy pendejo a unos segundos de nacer, sólo veía un universo oscuro azuloso; pero era muy aguado. Lo primero que sentí fue cómo la mano de un cabrón me jalaba de la cabeza pero *mi mamá jura que no necesitó ayuda, a puro pujido me aventó*. Cuando asomé la cabeza y trataba de ver, sentí mis párpados como si los hubieran pegado *con kola loka*; pero desde chiquito aprendí *a no doblarme* y por ahí me acuerdo que mis ojitos al abrirse un poquito lo primero que vieron fue el lente de una cámara de televisión, como en un sueño, en ese lente vi reflejado el rostro de un infante zapoteca con un incipiente y espinoso peinado de a rayita

Yo, la verdad, como dice don Octavio Paz, me sentí chingón cuando el aire entró a pleno por mis narices, era un aire con olor a maíz palomero; lo que me hizo estar consciente de mi orfandad fue cuando sentí cómo un güey me agarraba, a la de Aquiles, de los tobillos, y me dio una santa nalgada que me hizo llorar.

Luego ya no supe nadita de nada, me han de haber cobijado porque me sentí calientito en el seno de mi jefecita linda y querida, ya como en sueños escuche esa canción de *los Beatles* cuando les tocó su turno de estar en el Pájaro Madrugador *representando a England: All you need is love, love, love...* Me quedé bien dormidito.

—Ay, condenado escuincle, ya te estás mojando —eran las dulces palabras de una joven madre.

Yo creo por eso adquirí de chiquillo la costumbre de orinarme en la cama. Ya más grandecito se me quitó.

Bara, bara, marchantita, pantaletitas a su medida.

3

El cromo tricolor del licenciado don Benito Juárez colgado en una pared del hogar era nuestro icono del éxito: el J. P. Morgan de los jodidos, él, un indio zapoteco —que hasta la adolescencia aprendió a hablar español— estudia Derecho y llega a ser presidente de nuestra amada República del cuerno retorcido.

¡Los jodidos hijos de la raza de bronce tenían en aquel indio jodidón el ejemplo para mentalizarse en la ruta del éxito! *Aquí maíz. Acá Coca cola.*

"¡Sííí se puede, sííí se puede...!"

Era nuestra lección particular de cómo peinándose de a rayita se adquiere el look cool de Wall Street.

Mi madrecita hincada como una santa Teresa cualquiera en su morada, posesionada por la mística del Carruaje histórico, invocaba: *¡El Estudio!*

–Ilumínalo san Benito, no lo dejes caer en desidias ni güevonerías, encamínalo por la ruta del hombre de bien, de la calidad y el éxito. ¡Ojalá y se haga rico para que nos saque de la jodidez! ¡Hazle el milagro a mi Chiquillo! Si no es presidente de *Mexiquito* me conformo con que sea presidente de la Coca Cola.

Eran sueños compartidos por un joven matrimonio rompiéndose el lomo para labrarles un futuro a sus dos chilpayates. Yo y mi carnal, éste era una ladilla doctorada con Honoris Causa por la Universidad de la calle.

Fuimos dos hijos nada más porque *mis jefecitos se creyeron la filosofía social del gobierno aconsejado por el* FMI *y el Banco Mundial:*

Mi jefecita *se dejó amarrar las trompas de falopio* en una clínica del INSTITUTO MEXICANO DEL SEGURO SOCIAL. ¡Puro complot internacional apelando al neto amor patrio de mi jefecita!

Como si hubiera sido ayer veo a mi mamacita escuchando las notas de la inmortal obra de don Pablo Moncayo: *Huapango*. Ella deja de hacer su quehacer, se seca las manos, se recarga en su escoba y mira con beneplácito en la pantalla de nuestra *tele Philco* la llegada al aeropuerto del presidente de la República Mexicana de algún viaje por el extranjero para abrir mercados.

Mi mamacita con su rostro cansado reposa mientras su muñequito juega en el suelo a las carreritas con carritos de plástico, con su manita alborota discretamente mi peinado a la Benito Juárez (*hecho a base de puro jugo de limón*) y me dice en un susurro histórico:

–¡*Estudia, hijo, Estudia!* —y volvía su atención al discurso del señor presidente:

–Un logro de la H. Revolución mexicana, la primera H. Revolución social del siglo XX, la que logró plasmar en su Constitución conquistas sociales jamás consignadas en ningún contrato social en el mundo.

El orador chorrillea un verbo ampuloso, a sus espaldas una enorme manta con la imagen del Benemérito de las Américas. En medio del pantano de matracas y viseras para el sol con el logotipo del Partido Oficial la masa sudada se cansa de tanta amartajada. La voz oficial ni los mueve ni los conmueve; los duerme.

–La Revolución francesa junto con *Rousseau y Voltaire* nos la viene guanga... —mi madre con el más puro orgullo de la chinaca nacional aplaudía azotando la escoba contra el suelo.

Las imágenes de la televisión encadenan a toda una nación, muestran a los dirigentes del país del cuerno de la abundancia, con traje, corbata y lentes oscuros; aplauden de pie: *Plas plas... ¡Plas!*

–¿Y la Rusa y Lenin? —se pregunta el de la guayabera.

Sigue:

–¡*Chipotle! ¡Cuaresmeño!* ¡Se sientan los rusos! ¡Nosotros fuimos primero!

Se escucha por parte del respetable un *Chiquiti bum a la bim bom bam Mé-xi-co, ra, ra, ráaa*. Tanto entusiasmo me cansaba.

–¡Y la China también nos hace los mandados! ¿Lincoln y Thomas Payne? Al lado de don Venustiano Carranza y Lázaro Cárdenas son como pulgas que no brincan en nuestro petate.

En ese clamoroso recuento histórico la multitud atragantándose de sandwiches propagandísticos aplaude a rabiar, grita gruñendo cualquier sonido, el chiste es que se oiga, los listos se esfuerzan por que el señor presidente sienta que sí aplaudieron. Repica la campana de Dolores y se escucha la histórica "Marcha de Zacatecas" machacada por la banda de cadetes del heroico Colegio Militar.

Era el inevitable tiempo en donde todo niño mexicano es contagiado por la leyenda y el espíritu de los *Niños Héroes*. Ellos, nuestros héroes, esculpidos en piedra; cara a cara, *mofletudos querubines aztecas* cuidaban el altar de la patria; ellos nunca se abrieron a los gringos, por eso:

–¡Que la patria os lo desmadre!

Mi madre al oír esta frase llegada desde el patio de la vecindad salió con su escoba para gritar a los cuatro vientos:

–Groseros, ustedes no respetan a los héroes que nos dieron Patria.

Y nosotros, sus querubines caseros, acá, en el seno de *Chilelandia*, donde la familia mexicana vive mejor frente al televisor en blanco y negro; la piel se nos hacía chinita, mi hermanito, solidario, me acompaña mientras la voz maternal nos conmina a estar al pie del cañón:

–Párense, qué no ven que están tocando el Himno Nacional —los dos en posición de firmes, con el brazo derecho doblado y el codo levantado a la altura del corazón, sintiendo el tun tún de las palpitaciones en nuestra mano extendida. La neta, los dos chiquillos hacíamos muy bien el saludo a la bandera; rugíamos: *mexicaaanos al griiito de gueeeerra. Enanitos se nos hacían los extranjeros.*

Y si los marcianos hubieran aterrizado en las tierras de la tuna y el nopal; a punta de nopalazos los aplastaríamos y a tunazos los pintaríamos con tinta sangre del corazón de Copilli.

Mi hermanito sonríe al ver la televisión. Eso siempre me intrigó del susodicho, desde chiquito la política lo mataba de la risa. Cuando se descuidó mi mamá me dio un *mazapanazo*, me sacó la lengua y me acusó:

–Mamá, mi hermanito no se sabe el himno nacional, nada más movía los labios.

Y para toda reacción, ¡rájale!, me cayó un flamígero y maternal manazo en la espalda por antipatriótica memoria.

–*Chiquillo* majadero, a qué estás yendo a la escuela, qué, ni eso te enseñan.

Yo la miré como si el mundo viniera rodando sobre mí, quise pedir la ayuda de Charles Atlas, pero como Niño Héroe del Castillo de Chapultepec, acepté mi mea culpa. Aguanté el pedo.

Ahora que mi gran pedo patrio radicaba en que no entendía ni madre la letra del himno nacional. ¿Qué era eso de: *Maciosare un extraño enemigo profanar con su planta tu suelo...*? No sabía el significado de la palabra *Maciosare*, mi angustia amenazaba el sano desarrollo de mi libido; me sentía culpable al masturbarme; esquizofrénico busqué el significado de tan patriótica palabra.

Al no encontrarlo, tremendo sentimiento de pecado invadió mi estructura existencial porque a lo que me sonaba la inmortal palabra era a: Tierra de maíz palomero germinado en el suelo patrio. Y después la siguiente frase: *un extraño enemigo profanar con su planta tu suelo*. Ni que fueran perritos para miarse en las tierras del maguey. No me checaba.

Las preguntas me perseguían como espinas nopaleras dentro de lo más íntimo de mi ser patrio: ¿Qué habrá plantas de maíz carnívoro que andan caminando por ahí? Mi derrota existencial me hundía en las profundidades del inconsciente.

Cómo, me recriminaba mi conciencia: *¿Qué no eres mexicalpan de las tunas?*

Todos los maestros, año tras año, en la escuela primaria Mártires de Chicago, hoy **Mártires del Fobaproa**, me obligaron a aprenderme de memoria la letra del Himno Nacional, pero nadie me explicó su significado; y cuando me atreví a preguntarles a mis condiscípulos, ¡me bautizaron!

Fue un lunes, cuando son los honores a la Bandera y yo pregunté; que qué quería decir MACIOSARE, el más grande de la clase me dijo:

–¡Un extraño enemigo! *¡Menso!*

Yo repliqué con otra inquietante pregunta:

–Ah, ¿Maciosare son los gringos?

–*Nooo ¡taras!*

–Entonces, ¿los alemanes?

A coro me respondieron carcajadas infantiles, que casi hacen que desista de la siguiente pregunta:

–¿Un extraño enemigo son los rusos? ¿Los comunistas? ¿Los judíos?

El más grande con seriedad marmoliana aplacó mis ansias:

–No, *mas si osare un extraño enemigo* es cualquier amenaza a la patria.

–*¿Los hijos de la chingada?*

–École cua.

–Ah, ya entendí: Maciosare son las amenazas a la patria tangibles e intangibles.

Ante tanta iluminación dejé a mis condiscípulos hechos unos reverendos pendejos. Salieron del letargo inspirados por un sentimiento colectivo de simpatía hacia mi persona y comenzaron a decirme:

–*Maciosare... Maciosare...* —miándose de la risa.

Sí, ahora ya lo sé yo era un extraño enemigo a la patria.

–*Bara, bara, señito, pantaletitas para las gorditas, marchantita, que me voy.*

4

Eran los tiempos del milagro económico mexicano, el desarrollo estabilizador y la Alianza para el Progreso. Sólo que mis jefecitos, jóvenes y fuertes, no veían llegar a sus vidas el mentado milagro. Éramos puro lado moridor: *Mexicanos al grito de guerra... y retiemble en sus centros la tierra...*

A mediados de los años sesenta se escuchaba en nuestro radio Majestic: *Si me dicen el loco, la verdad si estoy loco, pero loco por ti...*, en la voz de Javier Solís, gran cantante de boleros rancheros. A la vez, en la vivienda de la joven vecina, en su radio, la chinaca popular se las daba a las de acá, *yes sir, what's magueyes*, con: *Come on baby light my fire...*

Arrastrándome de rodillas para jugar a las canicas le ponía en su mother a los pantalones del tercer año de primaria.

Ésos fueron los días, donde como si se hubiera descubierto el hielo caliente, en los barrios populares se vieron pavimentar calles lodosas, aparecer banquetas bien alineadas; iluminadas, con postes de luz mercurial, y a la menor provocación vehicular se instalaban semáforos en las esquinas.

Se construyeron mercados públicos muy modernos, diseñados por arquitectos renombrados. *Esos mercados eran para los comerciantes callejeros*. También aparecieron de la noche a la mañana centros deportivos, sociales y culturales con canchas de futbol o de basquetbol.

Y para alimentar el espíritu indomable de la población femenina, en esos centros sociales se aprendía "El jarabe tapatío". Todo esto a nombre de la Revolución Institucional.

Y para el lado sufridor, el gobierno fomentaba la paternidad responsable; campañas para un amarradero de trompas de falopio. Para qué negarlo, mi jefecita fue de las primeras que se apuntó en la lista, con la conformidad de mi jefecito.

Acuérdome, una noche, los dos amantes muy serios sentados alrededor de la mesita de madera, tomando una taza de café con leche de la *Conasupo*, después *Liconsa*, decidían.

—Cómo ves. ¿Le entras? Dicen que es una operación sencilla; un amarrón de las trompas y pin pon papas.

Como respuesta a la propuesta de mi jefecito, mi mamacita

con plena conciencia de su futuro murmuró una tonadita:

–*¡Papas fritas!, la familia pequeña vive mejor* —mi mamá con tanta angustias por nuestras penurias parecía hablar a base de tonaditas publicitarias—: *¡Viejo, si la leche es poca al niño le toca!*

Mi jefecito gustaba de la cerveza fría y también de los vasos de leche fría. Dejó su taza sobre la mesa.

–Niño *Maciosare* a beber su leche para que tenga huesos y dientes sanos.

Yo arrugando la nariz, torciendo la boca y enrollando mi lengua, como un churrito, miré con bizcos el vaso de leche de *Liconsa*.

–*¡Guácalaaa!*

Pero ni siquiera terminé de expeler la última "a" cuando me pescó de las orejas mi mamacita linda y querida y *¡zúmbate tu leche campeón!* Me tomó por la punta de la lengua y la llevó al vaso de leche.

–Escuincle majadero. Aquí hay de dos leches: *o la tomas o la bebes*.

¡Ah qué tiempos aquellos!

La *Revolución mexicana*, después de medio siglo de existencia, "le comenzaba a hacer justicia al jodido", pensaba mi padre. Por eso a la hora de las elecciones votaban por el PRI y rogaban por que resucitara John efe Kennedy.

Pero, la verdad, sincerándome, lo que yo deseaba de todo corazón esos días era un *pan Bimbo* con mi *chocolate Pancho Pantera* batido con leche de vaca como lo recomendaba la televisión. O sea que muy *a güevo* me acostumbré a beber leche Conasupo para crecer grandote y fuertote hasta alcanzar la descomunal altura de un metro cincuenta y ocho centímetros, ¡forzadones!

Eso sí, cuando me daban el "desayuno gratuito" en la escuela, agarraba el envase tetra pak de la leche vacío, lo ponía en el suelo y con todas mis ganas cerraba mis ojitos; con mis manos me tapaba los oídos y dejaba caer sobre el envase mi bota minera con suela de llanta y ¡para qué les cuento! Aquello tronaba como bomba terrorista. Pero el peso de la represión caía sobre mi cabecita; el manazo de la maestra era meco y seco como un ¡pas pastas, güey! Y la voz de la autoridad con saña dictaba sentencia:

–*Niño Maciosare, ¡castigado!*, no tiene derecho a salir al recreo y se me va a lavar el coche de la señorita directora con agua y jabón.

Yo por mis adentros, mirándola de reojo para qué es más que la pura verdad, murmuré: *¡Pinche vieja!* ¿De qué otra manera me defendía?

¡Pantaletitas, jefecita, a su mera medida, bara, bara, marchantita!

5

Mi padre, y me pongo de pie para saludarlo; como si fuera el Lábaro patrio, sentenciaba que ésta era la era de: "Al jodido jódanlo sabroso".

Él fue un heroico trabajador de los ejércitos de la *Philco*, radios y televisores para los hogares; mucho antes de que la dichosa empresa por causa de la reconversión industrial, la globalización de los mercados, el contrabando de *it's a Sony*, o vaya a saber por qué desapareciera de la faz del territorio de mexicalpan de la tunas, los magueyes y el sope con pollo deshebrado.

Eran los años en que *yo era un mocoso de moco escurrido como guajolote* aburriéndose de sol los sabaditos en la tarde, en el patio de la vecindad del Chavo del Ocho. Por ésta que vivíamos en el número ocho.

Los sábados en la tarde, cuando llegaba el jefe de familia a la vivienda, al coto de los Bartolache-Bartolache, su figura parecía grandiosa sobre el quicio de la puerta de la entrada, impidiendo el paso de la luz del sol; de él emanaba la suya, la de la intensidad del amor familiar.

El señor Bartolache llegaba cansado, pero nos regalaba una sonrisa de elote solar, de sus ropas sacaba, imitando al *mago Chen Kai*, un sobre de papel amarillo; era su sueldo completito, la raya, el chivo, la paga, el quién vive en las últimas; la inicua satisfacción del jodido, años antes de que el FMI nos pusiera una santa madriza. Mi papá no era un macho cualquiera, era de los que no se abría a sus obligaciones familiares, ni se distraía en cualquier tugurio antes de llegar con sus hijos y su vieja. Por eso me pongo de pie y brindo ante la memoria de semejante cabrón. ¿O no?

La pequeña familia salía de compras a la tienda de la CONASUPO para surtir la despensa de la semana: jabones, pasta de dientes, frijoles, azúcar, sal, aceite, harinas, sopas, alguna trusa o camiseta, calcetines. Y para mi mamá un brassier o unas pantaletas. Mi viejo, en esa época era un hombre joven, fuerte, trabajador; con manos gruesas, rugosas; con las ilusiones bien puestas en nosotros; se compraba cien gramos de jamón de pierna y otros cien de queso de puerco, un aguacate y una lata de *chiles jalapeños* para sus noches de sábado; era como *John Travolta*: sobrevivía.

Para el padre la noche del sábado era un lujo. Para él no había nada en la vida como un televisor Philco de 21 pulgadas en blanco y negro frente a su cama, y cerca, como un recinto sagrado, una silla de madera comprada en *La Lagunilla* y sobre ella en papel periódico, de preferencia el *Esto*, su periódico deportivo favorito, un plato de peltre y sus dos tortotas con jamón y varias rebanadas de aguacate, jitomate, rodajas de cebolla y rajas de chile jalapeño en vinagre. Ese agasajo acompañado con una *cerveza Victoria bien helada*. Todavía me parece escuchar sus *eructos*.

Sus tortas las devoraba entre round y round de las peleas del Púas Olivares, en la *Arena Coliseo* o en *La México* patrocinadas por las hojas de rasurar Gillette y narradas por *don Antonio Andere* y *Jorge Sony Alarcón*.

Tenía veinticinco años de edad, una mujer chaparrita, buenonona, y dos hijos que mantener.

A veces mientras peleaba el Rupén, así le decían en sus inicios al campeón mundial de box, *Rubén Olivares*, nosotros —los hijos del padre— sentados en el suelo alrededor de sus pies, magnánimo, nos preparaba una torta, igualita a las de él, la partía en dos partes, una para su servilleta, *el ratón Miguelito*, y la otra para *Bugs Bunny*, mi hermanito, que me acompañaba.

Eran esos tiempos en que ser pobre no significaba sentirse tan jodido, tan sin esperanzas, porque se tenía la ilusión de que la *Revolución de Pancho Villa y Emiliano Zapata* nos haría justicia. Y yo estudiaba para ello, para que mi jefecita no dependiera de su trípode nacional: la virgencita de Guadalupe, la Conasupo y el Seguro Social.

Bara, bara, baratitas las pantaletitas, señito, a su pura medida para que ande cómoda en el Metro...

6

Yo estudié la licenciatura en Sociología. No diré que fui una luminaria en las aulas como para güevonear en El Colegio de México, pero tampoco fui un reverendo pendejo; era como los gallegos: viajamos con bandera de mensos pero a la hora de los negocios nos enchilamos a los listos.

Los compañeros graduados éramos estudiantes nacidos y crecidos en barrios miserables de la Ciudad de Chilelandia, como *Zedillo*; pero éste en cuanto se hizo presidente, negó la cruz de su parroquia. Porque era *jodidón*. Me imagino le daba pena aceptarlo; por eso salió con que era de Baja California. No como *Benito Juárez, que era indión y no se rajó*. Olvidémoslo. Estábamos allá por los lejanos días del cavernícola año del 82; todavía imperaba el sueño por estudiar y llegar a ser un profesionista. Para cualquier madrecita abnegada y comprometida era lo máximo tener sus *beibis* profesionistas.

Ni pensar en que años después habría hijos que en lugar de estudiar querrían licenciarse en estrategias de mercadotecnia, cultura de la calidad y administración de recursos financieros en el narcotráfico.

Con decirle que cuando me gradué en la Universidad quería hacer mi tesis sobre "El desarrollo de las comunidades urbanas en la marginalidad. Un estudio de campo sobre el predio *El Nopalito*". Pero se rieron mis asesores.

Ya lo dije, el sábado era el día del rey de la casa, y concedíamos la tele para que nuestro jefecito viera el box sabatino. Pero el domingo en la noche, los príncipes éramos los niños con el privilegio de decidir sobre la televisión.

Mi mamá nos dejaba ver el programa *"El Teatro Fantástico"* *de Cachirulo*. Era una serie de televisión donde los cuentos infantiles de la literatura universal se actuaban en un mundo de cartolandia.

Ahí estaban el pínchipe, la pínchecita, el mamiloide del malo se llamaba *Fanfarrón*, la bruja *Escaldufa* parecía *una calabaza pachiche con nariz de charamusca*, mi carnalito, en lugar de temerle, al verla aparecer se miaba de la risa. Un mundo de fantasía donde siempre el amor triunfaba sobre el mal; tal vez deba a *Cachirulo* la creencia insana de que en la vida real los buenos siempre vencerán a los malos.

Los lunes, durante esos seis años de educación primaria, nos costaba un güevo levantarnos pero nos levantábamos y ahí íbamos con la bendición maternal a la escuela:

—*Par de güevones* apúrenle que los van a regresar, ya ven que los maestros no los quieren por chaparros, prietos y jodidos.

No todos los maestros, pero muchos sí se pasaban de lanza con los de la generación "j", como se nos dio en llamar en esos días.

—¡Niños jodidos, estesen quietos, que son los honores a la bandera; ahorita no jodan porque me los jodo!

En esas circunstancias patrióticas, el que era mano, era mi carnalito. Tenía las tres jotas: Jodido, Jiotoso y Judío —por comer frijoles, eso nos decía un maestro rencoroso y amargado—, pero era broncudo y eso le valió que ese maestro, a las tres jotas le agregara una "a" y lo llamara:

–¡*Acémila!*

Fue la única vez que vi preocupado al *Arqueólogo*, traía en sus manitas un diccionario, se peleaba con él, lo estrujaba y lo exprimía en la "A". Quería saber qué significaba la palabra "acémila". Le sonaba a latín puro; su maestro se la cantaba todo el tiempo muy encabronado: "*Acémila: f. Mula de carga. fam. Persona de pocas entendederas*".

Mi brother, el futuro ídolo azteca a sus diez años cargando el librote leyó en voz alta, como recomendaba don Alfonso Reyes, la definición. Al terminar se puso iracundo. Se fue a dormir rumiando quién sabe qué. A la mañana siguiente se levantó ligerito, mudo; pero en cuanto llegó al salón de clase y se le atravesó el maestro, exclamó:

–¡Mula su rechingada y relinguera jefa! ¡*Qué poca madre, maestro!* ¡Me ha estado ofendiendo y yo como analfabeta riéndome de sus ofensas! ¡Son chingaderas de la educación gratuita!

Cierto, acababa de cumplir diez años de edad pero su amplio dominio del español mexicano asombraba al mundo de los adultos.

–¡*Qué boquita*, niño, *échate agua bendita!* —espantado gritaba el maestro ante el enano que parecían un alien muy encabronado; mejor el teacher huyó a la Dirección ante la presión de mi carnalito, que para su stress el Director le recomendó dos semanas de vacaciones forzosas. *Él, feliz como un inglés* aguantando la risa.

Pero Dios no castiga porque siempre está el chance de la compensación. Mi jefecita brincó como rana digitalizada cuando recibí mi certificado de la instrucción primaria y la carta de buena conducta.

Mi carnal regresó a la escuela por periodos monacales, sin terminar la primaria.

Pero mi jefa a pesar de ese traspié dio gracias a la *Guadalupana* porque aunque fuera uno de sus escuincles le hubiera salido bueno para los estudios, ella, la neta, sentía que la virgencita le hablaba al oído.

Esa tarde lo vi en su mirada cristalina de comercial de pupilentes cuando con toda la capacidad del amor maternal me extendió los brazos como dos cálidos rayos de sol y yo corrí en cámara lenta atravesando por el centro el patio de la escuela para arrojarme en su regazo. No llegué a él porque el conserje me metió el pie por andar corriendo en la escuela.

El hocico floreado con tinta sangre del corazón no impidió

que le entregará a mi jefecita mi boleta con promedio de *seis punto cinco*. Me acurruqué en ella y ella me llenó de besos, lanzó una mirada fulminante al conserje.

Ella creía ciegamente que me estaba colocando en la ruta del *éxito*.

El Mexican way of life me esperaba maravillado con un vaso de pulque para brindar. Extasiada miró al cielo con ojos lacrimosos y con su voz naciendo de lo más profundo de su ser prometió —sin consultarme— que iríamos, ella y yo, de rodillas desde la ex-garita de Peralvillo hasta la Basílica de la Villa, para darle gracia a la Lupita del Tepeyac.

Yo pensaba muy dentro de mí, asustado:

"Qué chinga se van a llevar mis pobres rodillitas, van a quedar como un pelón sarnoso." Eso sí, me sentía un periquillo australiano, por ese futuro espléndido que me espera.

Me cargó, se abrazó a mi padre y me dijo con la clarividencia maternal:

—Tú vas a ser un hombre de bien.

Y así como lo dijo mi jefecita así fuimos ante la Guadalupana: la jefecita de todos los mexicanos. A esas veces debo mi fe por la milagrosa de las rosas y el sentimiento de solidaridad y empatía con el indio *Juan Diego*.

Toda una semana me pasé con las rodillas peladas y mi mamacita echándoles Merthiolate.

¿Usted nunca se las ha pelado? Entonces no sabe lo que es amar a Dios en tierra mexica.

—Educar a un niño no es hacer hijos —decía mi mamá y haciendo había aterrizado con un día de anticipación a la escuela secundaria y plantándose en la reja de la entrada se desveló en plena banqueta codo a codo junto con miles de madres enrebozadas para alcanzar un lugar en la secundaria para su perla negra: ¡el *Maciosare*!

Y lo hizo porque pensaba en voz alta: *"No lo fueran agarrar como al burro de Pénjamo, ¡todo atolondrado colgado de la alcayata!".*

7

Yo, la verdad, no sabía muy bien qué quería decir mi mamacita con eso de "vas a ser un hombre de bien".

Para ser sincero, me sonaba muy a *bien peinadito*, vestido de traje y corbata, con zapatos boleaditos, casi como espejos.

A mi hermano no le entraban estos valores inculcados por nuestros Padres.

Una vez, una tarde, mi papá iba caminado por *La plaza de las Tres Culturas*, en Santiago Tlatelolco, regresaba del trabajo de la zona de fábricas.

Una zona donde hubo muchas fuentes de empleo: "La Consolidada", que era una fundidora; la "Compañía Nacional de Subsistencias Populares"; fábricas de aceite y jabones; imprentas y encuadernadoras de las revistas nacionales; empresas como "Philco", en la que trabajaba mi jefecito, o fábricas de calzado como "La United". Y del otro lado, al poniente, chocolateras como "La Azteca"; enlatadoras de chiles, como "Clemente Jacques"; y empresas de loza, peltres y cuchillería; de envases y empaques, eran los años sesenta y había empleo en la ciudad vieja.

Mi jefecito cargaba su portaviandas vacía, iba fumando sus cigarros Alas y silbando una vieja melodía de sus tiempos de bailarín: *"Kalamazoo"* de *Glen Miller*. Se ponía de excelente humor, no se iba por el paso subterráneo de *San Juan de Letrán*, no, qué va, evadía la secundaría número cuatro; cruzaba la avenida y es que la Plaza de las Tres Culturas sólo se goza su vista entrando por arriba.

Bajando las escaleras se echaban encima de uno las sombras de la iglesia de Santiago, la de la torre del *edificio de la Secretaría de Relaciones Exteriores* y la de las alargadas paredes de vidrios de la *Vocacional 7*; los vidrios reflejaban la plaza cercada por el pasto, la pirámide incipiente de la antigua ciudad de *Tlatelolco*.

La plaza, una plancha atiborrada de escuincles de la unidad habitacional y de los barrios vecinos, jugando a lo que fuera entre los pasos cansados de las viejitas que iban al Rosario y recibían en sus choyitas arrugadas uno que otro pelotazo.

Al cruzar la plaza de Las Tres Culturas, mi jefe siempre entraba a la iglesia de Santiago para tomar *"agua bendita"*.

Al salir de la iglesia, su mirada chocó con unos niños en la pirámide; uno de los chiquillos se le hizo familiar, lo miró detenidamente y pensó: se parece a mi hijo el chiquito. Su hijo, pero no creyó que fuera él (faltaba mucho para que los empezaran *a clonar*). El niño apenas debería estar saliendo de la escuela. Siguió observando a los chiquillos trepando los escalones de la pirámide y el escuincle que se parecía a su hijo era quien dirigía la orquesta:

–Tú, escarba acá. Y tú, menso, recoge esos huesitos.

Al que no lo obedecía le daba sus *patadas en la coliflor*. Mi hermaniito, el *Arqueólogo* llevaba en una mano una bolsa de plástico y en la otra un ídolo de barro. Schliemann, el descubridor de Troya, le quedaba guango con su espíritu, ni Hollywood hubiera concebido a mi carnal con esa pinta de arqueólogo.

El padre sintió su corazón palpitar con descaro al reconocer a su hijo o sease mi hermano, porque ni modo de que hubiera dos niños tan parecidos *como dos mocos de guajolote o dos trompas de elefante*, se acercó a las ruinas invadido por una contradictoria sensación de ternura y coraje y grito:

–¡*Hijo...!*

El chiquillo, ése, el más latoso y destructor, no sólo se parecía a mi hermano, sino que era mi hermanito, ¡el alumno de cuarto año de primaria de la excelente *escuela Mártires del Fobaproa, la de la calle de Peralvillo número 54*, la que estaba a un costado de la *galería de arte José María Velasco* del Instituto de Bellas Artes!

Mi hermanito, al ver al padre no se inmutó, le dijo a uno de sus presuntos ayudantes que dieran por terminada la excavación:

–Ya dejen ahí. Mañana a la hora del recreo nos repartimos los huesitos... —cogió su mochila y fue al encuentro de su padre.

Mi padre jura, entre risas, que sólo tenía una duda.

–¿No deberías estar en la escuela?

Mi hermano le contestó con una mirada muy similar a la del historiador inglés *Arnold Toynbee*.

–Sí, papi, pero la maestra nos mandó a recoger huesitos de la pirámide, mañana nos va a dar una clase sobre los aztecas y dijo que era nuestra obligación conocerlos por dentro para saber de qué estamos hechos.

La respuesta sudaba compromiso escolar. Mi papá le creyó hasta la saciedad. Jura que miró hacia la iglesia de Santiago y *se sintió feliz como si le hubieran echado barniz*.

Sólo meses después, cuando mi mamá tuvo que ir a firmar la boleta de calificaciones de mi hermanito, el monumento que le habían construido se hizo añicos. Mi jefa en la boleta notó que tenía varias inasistencias.

–Pero maestra, si mi hijo no es faltista. ¡Mire qué faltotas!

–Señora, acuérdese... Y no es que me meta en su vida, pero no puede obligar al niño a desvelarse para cuidarla en sus achaques. ¿Dónde está su viejo? Él la debió cuidar y no el pobre niño.

–Pero es que, maestra, mi hijo....

–Yo se lo mandé decir con su hijo. Se lo advertí, si no venía a hablar conmigo le iba a poner las faltas al niño. Una cosa es que la hayan embrujado y otra que se haga. No la amuele, señora, pobre niño.

Mi mamacita bendita comprometida con la filosofía familiar sustentada sobre la base del axioma del patio de vecindad *"La ropa sucia se lava en casa"*, aguantó el chorro de reclamaciones sin chistar.

–Para qué manda a su chiquillo a la escuela *si no va a pasar de albañil y los albañiles ni tan siquiera necesitan saber contar los ladrillos* para hacer buenas casas... El gobierno nada más tira dinero bueno al malo.

Mi mamacita no se rajó, aguantó su muina hasta tener la boca amarga. Pero llegando a la casa, se quitó el zapato y le zurró a mi hermanito *entre nalga, lomo y oreja pero sabroso*. De esa aventura escolar viene su apodo: ¡El Arqueólogo!

Y la verdad, el estudio no era para él, su destino era hacerse rico. Su cuerpo llegó, literalmente y en todos sentidos, a relucir oro y turquesas por los cuatro costados lados hasta parecer un idolito azteca.

8

No se puede decir que el Maciosare Bartolache-Bartolache, su servilleta desechable, fuera un estudiante brillante.

Más bien me costó morderme un güevo y la mitad del otro para salir de la *escuela secundaria* sin reprobar materia alguna. Siete punto cinco de promedio. Y sin regalarle manzanas al Director.

¡Por ésta!

¡No le fallé en su desvelada callejera a *mi madrecita*!

Es más, quién sabe cómo, pero Dios (¿*o la virgen de Guadalupe?*) me iluminó, casi como *un santo Niño de Atocha*, porque pasé mi examen de admisión al *Colegio de Ciencias y Humanidades* con fondo musical de La Internacional.

Mientras, mi hermano conocía las calles por lo redondo y en las esquinas se recargaba como un halcón en la montaña.

Yo creía en el estudio, a pesar de que muchas veces los exámenes de admisión cumplían con su misión; cargarle la desesperanza al desamparado, *restregarle su pendejez al apendejado*.

–A'i la llevas pero por qué mejor no te inscribes en un Cecati.

Ahí aprendes a echar a perder instalaciones de electricidad. Sirve que te electrocutas, *güey*.

Lo bueno de los *CCHs* es que los maestros son más alivianados y bien grillos.

En esos años fue cuando mi vida se jodió. Aunque debo decir, en ese momento, pensaba, como *Nat King Cole*: "La vida es a toda madre". Son esos cabalísticos momentos en que uno anda en sus cincos minutos de pendejez.

Fue la cuarta banca, de la tercera fila, en el salón del primero "c", cuando me enfrenté al vértice de mi destino: *¡El Amor!*

Ay, carajo, qué feo se siente recordar: *Bara, bara, señito, pantaletas para su bizcochito.*

9

Pero antes, debo decir, el amor tocó a las puertas de mi carnalito: duro y macizo como mandan los cánones del barrio; hasta hubo chilpayate. El güey tenía quince años y ella diecinueve de edad pero aunque era chiquito era matón.

El jefe trabajaba en la fábrica de las ocho de la mañana a las cinco de la tarde y saliendo se iba en chinga a pintar casas, malbarataba su trabajo, porque sus jefes de la Philco lo agarraban de puerquito con el precio.

Los días sábado y los domingo, mi hermano y yo lo acompañábamos "a la pintada", como de manera familiar le decíamos a esas *chambitas extras*.

Pero... ¡lo que es la pobreza! Lo que parecía un esfuerzo por brincar las trancas de la miseria, se volvió la losa de otro drama.

Un día, mi hermanito, el vivo, se enamoró de la sirvienta de la casa del jefe de mi jefe. Ya habíamos ido varias veces y no había pasado nada o no nos dimos cuenta hasta que de repente ese día cuando ya íbamos de salida junto con las brochas se trajo a la mujer. Pero no crean que se trajo a la mujer para gozarla sino para enjaretársela a la jefa de nuestro hogar.

Por qué, cómo, cuándo, a razón de qué, como los monjes tibetanos puras murmuraciones. Mi papá no se la acababa con mi mamá.

—Te lo dije, Juan Bartolache-Bartolache, no enseñes a los niños a trabajar, ven un poco de dinero y ya se quieren tragar el mundo. *¡Mira nada más cómo esta muchacha ya salió panzona!*

Era literal, la muchacha oriunda del Oro, Estado de México, gozaba de una inmensa y redonda panza. Para las abuelas del barrio, la panza era un síntoma inequívoco de que *lo que traía atravesado eran cuates.*

–¿No te preocupa dónde van a vivir estos chamacos? La muchacha agarró barco con el niño, es más grande que él. *¡Carajo! ¡Al jodido siempre le caen más chingaderas!*

Mi hermanito ni pío decía, estaba calladito, quietecito, no sé si asustado o como siempre, llevándosela de a pechito, dejándose mecer por la corriente.

–Que se queden aquí, que se duerman en el suelo, compramos unas colchonetas; ya nos acomodaremos —dijo ahorcado mi jefecito pero con vibra chida.

–Ahora sí, viejito querido, vas a tener que construir un tapanco. Ya creció la familia.

Fue cuando el Arqueólogo se volvió especialista en botar las broncas en estas situaciones. De repente, dos días después de esa plática, ya con la mujer instalada en el suelo de nuestro hogar como las sombras, se desvaneció mi hermanito, ni la bendición de la jefecita esperó, voló como ave migratoria, dejando a la mujer y con ella, en la panza a su hijo, el Alfredito.

El güey un año después nos mandó una tarjeta desde *Chicago, Illinois*. Se quejaba del frío, decía que le dolían las orejas. Mi padre se cansó de buscar al revés y al derecho y a trasluz en el sobre de la carta si traía algún dolarito, nada, ni tan siquiera la dirección donde vivía para mandarle *mis reverendos saludos*.

Ahora, mi sobrinito ya está labregón y salió maricón, aunque a él no le gusta que le digan así. *Él dice que es gay.*

Alfredito es a todo dar, lo respeto y cuando lo veo le digo: "¿Qué pasó güey?". Él tiene ángel porque ha hecho mucho dinero con su cadena de Estéticas y su programa de radio: da consejos de belleza y cómo congeniar con la pareja. Todo esto sin haber estudiado en la Universidad Iberoamericana.

Mi hermano, el idolito azteca, niega que sea su hijo el Alfredito. Pero, a mi mamacita le encanta su nieto, de repente le hace hermosos peinados. Lo quiere mucho. Dice que hay que entenderlo y con voz queda pero segura afirma que:

–*Si es putito es porque así lo hizo Diosito.*

Bara, bara, que me voy señora bonita, baratita la pantaletita.

10

Yo sé que en eso del amor las cosas no son como se sueñan, sino como le va a uno en la feria. ¡Y aveces nos va de la rechingada!

La cosa comenzó en el salón de clases, en el CCH. En esa época había muchos maestros de izquierda, usted sabe: codo a codo somos mucho más que dos y todas esas pendejadas que cuando uno se anda meciendo en el columpio del amor suenan bonitas, ni duda cabe, pero... *¡ay dolor ya me volviste a dar!*

Yo no me puedo llamar a engaño, ya había sido testigo de los frutos del amor.

La madre, mi madre entre muina y muina, soportó la flojera de la nuera, que de sirvienta de la casa de uno de los jefes de mi jefe pasó a creerse la reina de Java; quería que hasta el plato de la sopa se lo llevaran a sus aposentos y que mi mamacita le cuidara al mocoso. Desde ahí la familia sospechó de la gandallez de la muchacha.

–Órale, vamos a darte un chance de que te reivindiques. Si el escuincle se fue para Chicago, tú no te vas a donde ya sabes, te quedas, con tu nueva familia para que veas que entre jodidos se echa uno la mano, no como en las películas de Pedro Infante donde el tuerto le roba a la paralítica... —mi mamá le leía la cartilla a la futura mamá del Alfredito.

Pero mi cuñada entendió mal la jugada. No quería que le diéramos una mano, sino la voluntad hasta la esclavitud, y *pues si ella era mazahuita, nosotros éramos aztecas y se topó con su piedra de los sacrificios.*

Desde que La Mazahuita se levantaba, como por allá de la una de la tarde, cuando la resolana ya daba contra la pared de la vivienda a todo lo que da, agarraba, se levantaba de la cama para sentarse al borde de ella, y ahí, mientras el chilpayate estaba llore y llore pidiendo su mamila o que le cambiaran el pañal mojado, ella comenzaba a acariciarse el cabello, a cepillar sus larga trenzas, mientras escuchaba *"La Hora de Rigo Tovar"*, Rigo cantaba: *Cuando buceaba por el fondo del oceano me enamoré de una bellísima sirena... tuvimos un Sirenito justo al año de casados, con la cara de angelito pero cola de pescado...* En ese momento la muchacha, con singular sentimiento, comenzaba a hacerle dueto a Rigo Tovar y mientras se peinaba cantaba: *Una mañana los sol-dados tiburones me condujeron a la corte de Neptuno, se me acusaba que en un viernes de Dolores a la sirena me comí en el desayuno, como ninguno me creyera me mandaron fusilar.* Aquí, mi cuñadita se soltaba a bailar de a brinquito, ¡epa, Chepa!, el niño la acompañaba a berrido tendido pero ella, ni en cuenta, le daba duro a la chancla; con el Rigo: *Cuando aparece mi sirena y cuenta toda la verdad, tuvimos un Sirenito justo al año de casados con la cara de angelito y la cola de pescado.* La verdad, *la cuña-dita estaba cañón: güevona, respondona y ¡¡jacarandosa!*

Lo peor llegaba cuando se desperezaba: pedía a gritos su jarro de café y si no le llevaba mi mamacita un pan, hacía su carota de eno-jada, se decía discriminada. Era cuando mi mamacita, aguantadora, se tragaba su muina y se iba a la cocina de la azotehuela.

—Ay Dios mío, en qué estaba pensando mi hijo, cómo se fue a meter con esta güevona. Sirenita ni qué la chingada, es una ballenota chachalaca. Ni tan siquiera se pone de nervios con los chillidos del niño. Qué no sabrá que tiene hambre. Pues de qué cerro la bajaron, no te mue-ves como Mazahua, más bien eres ladina... —rumiando y todo ahí iba la abuelita con el biberón preparado, agarraba al nieto, lo cargaba y le daba de comer, le cambiaba de estación al radio y la mujer le reclamaba.

—Ay señora, quítele al radio de la XEW. Esa estación es para viejitos; póngale a la Tropi Q, a las cumbias; a las canciones de Rigo Tovar —y bien mandona, cargando sus dos nalgotas, a todo lo ancho del cuarto, porque lo que sea de cada quien *sí tenía con que presumir-las,* fue al radio y le cambio de estación y le puso aquello de: *¡Quítate la máscara, ven a gozar, quítate la máscara, ven a cantar, quítate la máscara, ven a bailar...!* Yo nada más cerré mi libro, no podía concentrarme y no podía concretar si la cuñada lo hacía por joder o era así su naturaleza. Mi mamá agarró al escuincle y salimos a la cocina, me dijo:

—Ten, hijo, agarra a tu sobrinito —ahí me tienen, aprendiendo de los frutos del amor, a darle su mamila al *Alfredito Diada,* la maza-huita no quiso que llevara nuestro apellido *Bartolache* sino el suyo. Mi jefecita *se puso verde pálido y fue a vomitar la bilis al lavadero.* Ella con su falda amplia de mil llamativos colores se miraba frente al espejo del ropero practicando algún pasito de cumbia: *Ven acércate al muchacho, dale un beso, dale un abrazo, ven que el Rigo está cantando y su grupo está tocando.* Y dale y dale con las chanclas hasta que le saliera el paso. La miré de espaldas y descubrí con asombro por qué mi cu-ñadita tenía esas nalgotas, en cuanto terminó la canción se echó de nuevo en el camastro.

Por eso digo que *mi cuñada desde chiquita era güevona y bien güevona,* y no porque fuera indígena sino porque era de güevolandia, todo lo quería peladitas y a la boca. Eso sí se aprendió rete bien la letanía:

—*Tu hermano truncó mi destino, me jodió, yo era señorita y se aprovechó de mí* —pero lo que no dice es que mi carnalito tenía catorce años entrados a los quince y ella ya iba para sus veinte.

Eso sí, para qué negarle al sol su calentura. Mi hermano en esa época andaba, como dice mi compadre, como burro en primavera: no se aguantaba ni la resolana y claro ella: iguanas ranas, entonces, los dos calenturientos; el hombre es hombre y la mujer dice prestas y Eduviges Diada, quedó embarazada, y no contenta con su domingo siete, se sintió inflamaba por su destino manifiesto. Se negó a abortar cuando mi Mamá le dijo que la ayudaba para que fueran con un doctor. Se sintió ofendida, dijo:

—Creo en Dios y en la Santísima Trinidad y *en el derecho a la vida*... —y ella no estaba dispuesta a que la hicieran en carnitas, allá, en el infierno.

—Son hijos del Tío Sam —supongo que con eso quería decir que éramos hijos de Satanás, se hincaba llorosa y nos hacía la señal de la santa cruz como si fuéramos los familiares pobres del conde Drácula: estaba poseída, dándose golpes de pecho con un rosario que quién sabe de dónde había sacado:

—¡Cruz! ¡cruz! que se vayan los diablos y que venga el niño Jesús —se retorcía en el suelo, sacando espuma de la boca. Mi mamacita, pobrecita, toda pálida, como la cera de una vela corriente, dijo:

—Válgame diosito santo, esta mujer no sólo es güevona sino está reloca, se me hace que se echa sus *peyotitos*... —mi jefecita se santiguó con rapidez. Cuando llegó mi padre la miró analizándola y nada más meneaba la cabeza, callado, callado y concluyó con sus pensamientos.

—No vieja, esta mujer de loca nada más tiene la apariencia; se me hace que ya quiere su pensión alimenticia.

Así como he platicado de mi padre, todo tranquilo, responsable, un buen hombre, sin broncas, a toda madre, era un hombre derecho, que meditaba sus decisiones y ya tomadas no lo contaba, lo hacía.

Cuando llegó el fin de año, le buscó a Eduviges un cuarto barato, le dio su caja de ahorros, completito el billete, para que ella pudiera vivir unos meses y le consiguió su antiguo trabajo de sirvienta con un ejecutivo de la Philco: "de entrada por salida".

Pero cuando mi jefe le dijo a mi cuñadita la buena nueva, su cuerpo se convulsionó. Era como si el Apocalipsis estuviera sucediendo. Gritó:

–No me quieren. Se aprovechan porque *soy una mujer sola. Se avergüenzan de mí porque soy india y mi piel es prieta.*

Mi mamá se enojó mucho cuando dijo eso. Ella estaba orgullosa de su origen, ¡no era de gratis su admiración por el indio zapoteco, Don Benito Juárez!

–Mira muchacha pendeja, seas india o gringa, Dios lo dijo, ganarás el pan con el sudor de tu frente. Y ya te estás tardando para mover las nalgas.

La cuñadita corrió hacia el niño, lo pescó por el pescuezo y comenzó a reclamarle al recién nacido.

–Tú, escuincle, eres el culpable de este infierno —y rájale, que le comienza a exprimir su cuellito. El niño nada más gemía, sus llantos no salían.

Mi padre al ver eso que la agarra por las trenzas y le pone sus buenas cachetadas, pero sabrosas, hasta se escucharon como cantos celestiales, ¡*santo remedio!, la mujer se calmó.*

Tiempo después mi jefecito me dijo su angustia, mi mamá estaba enferma de tantos corajes, el doctor del Seguro Social le había dicho:

–Tiene principios de gastritis y está muy estresada. Por eso le duele la cabeza y tiene vómitos, no se puede desquitar.

Mi padre con un nudo en la garganta, aguantó la reata.

Por esa razón mi padre corrió a mi cuñada de la casa.

Bara, bara señorita, la pantaletita le agarra la nalga y le da forma.

11

¿El amor es el que se da o es el que se recibe o es el amor el que se da y se recibe a la vez o el amor es cuando todos prestan para la orquesta?

Ah qué bonito es cuando uno vive la emoción del amor, ¡uno se desfonda toditito!

Todos los parámetros se desvanecen en el firmamento del querendón, como reza la profunda sabiduría popular, en la cama no hay medidas siempre y cuando haya mañas.

Era tu primer día de clases en el Ce Ce Ache; entras al salón, la miras y te creces al castigo. Hasta crees descubrir que te ha estado mirando, cual la preciosa Culieta con el joven Romeo.

Me gustó su boca jugosa, era una toronja rosada a punto de apachurrarla; su nariz tipo "está oliendo santidad", ni qué decir de su cuello estilo *reina Nefertiti en engorda con nandralona*; sus brazos carnudos modelados como "las tres gracias" de Rubens; sus manos, ah las manos, que son la vida en movimiento, dedos gruesos, ejercitados en el aplauso a la tortilla; uñas bien recortadas al borde de la carnita, pintadas de un delicado rojo avergonzado; su cabello era una cascada dorada en los resecos paisajes del estado de Hidalgo.

Y si me permite extenderme en la descripción del descubrimiento del amor, me regresaré hasta las orejas; de grácil caída que ni *Walt Disney* pudo imaginar para *Dumbo*, la coquetería de éstas era avasallante cuando de nervios las movía como un aventador sobre el brasero caliente.

Otra cosa que también me gustó y mucho, fueron sus cejas, de una belleza tupida hasta decir basta al borde de las sienes; y la frente, señor mío, la frente era despejada como un espejo de cervecería recién limpiado; su mentón redondo, sólido, como una pelota de plomo, con un incipiente surco para atesorar la gala de su frivolidad; y sus labios, oh sus labios, hasta me pongo tembloroso por los calosfríos como cuando *López Velarde fisgoneaba a su prima encuerada* —la mentada *Águeda*—, eran sus labios gruesos, serpenteados por una lengua a punto de aparecer sobre un universo en rojo, destacando sobre su bella piel morena, como el cacao a punto de ser chocolate.

Y ya para terminar, paso a evocar sus pómulos a la *Dolores del Río* cuando va a ser besada por *Pedro Armendáriz*.

Y su risa, con esos dientes desgranados en cascada que hasta los burros respingaban. Todo esto estaba sostenido por unos hombros redondos, de abundante carne rubensiana, inicio de unos brazos abarcadores; su espalda era curvilínea como una guitarra pandeada del heroico pueblo de *Paracho*.

Y en plan cachondo permítame que me explaye con su cintura de tímida estrechez y amplias y redondas caderas a punto de hacer bing bang, esta obra de arte era sostenida por unas piernas pero unas señoras patas, bien macizas y torneadas, patas *tipo mesa rococó*; rodillas redondas, de frívolos hoyos por atrás, invitándome a depositar ahí mis canicas; su pie era pequeño en la ortodoxia del *tamal oaxaqueño*.

Como podrá deducir, desde el primer momento que la miré

me enamoré de ella pero hasta tener las manitas bien capeadas en huevo.

Si su risa es motivo de burla, quiero que sepa que en esto de los amores uno no debe de decir: "De esta inspiración no beberé". Porque viera qué de "osos" vemos clavados en un bar pidiendo otro tequila.

Por eso, con su benigno permiso, no he querido reprimir mi inspiración para transmitirle en serio cómo estos ojos que se han de comer los gusanos la veían. Eran ojos de amor a la Benito Juárez soñando con la construcción de la *República*.

Yo la verdad no sé si así como la describí cuando usted la conozca le parezca igual, pero debe de entender, el amor es ciego, como escribió en su poema "Los Dones" Jorge Luis Borges:

> *Nadie rebaje a lágrima y reproche*
> *esta declaración de la maestría*
> *de Dios, que con magnífica ironía*
> *me dio a la vez el amor y la noche.*

Cuando entré al salón de clases y la vi de espaldas, sentada, encorvada, escribiendo como miope, yo pensé como el cantante Daniel Santos: *si las Diosas andan en la tierra de seguro ella va en el primero "c"*.

Y lo voy a confesar, porque es de humanos errar, toda la santa mañana me quedé *lelo, zonzo, menso, rorro, idiota, babas, taras, tonto, majesón, ido, borrico*. Resumiendo: me quedé pendejo, para qué es más que la pura verdad.

Por más que hacía esfuerzos de voluntad por no voltear para verla, ella siempre me cachaba en el momento en que se me caía la baba, de reflejos retardados, en cuanto sentía que me miraba hacía como si no la viera, me tallaba los ojos como los miopes y hacía como que estaba enfocando mi mirada a algún punto del infinito, oh, qué ingenuidad del primer amor, *era el cazador cazado y capado*; porque yo bien que quería que se diera cuenta que la buscaba con la mirada pero a la vez había algo cultural que me decía que no demostrara mi interés; dizque la estaba castigando, entonces me ponía a silbar una tonada muy de moda en aquellos años: *Vamos a Tabasco que Tabasco es un edén...*

Y que la pesco cuando con sus achispados oídos ponía atención a mi canto. Pensé: se sonrió. Aunque años después ella lo negaría:

—Yo estaba haciendo la tarea, tú solo te dabas cuerda, yo ni te pelaba, mientes, no, no me reí, cómo comprendes que me voy a reír con el nuevo de la clase, loca no soy y maje menos, tú que llegaste con tu cara de burro, si te vi fue por curiosidad, me llamó la atención tu pelo aplastado, lacio, peinado de a rayita, como el de Benito Juárez, me nació la curiosidad por saber si eras cubano o oaxaqueño... La cantadita nunca la escuché, te lo juro por Dios...

Desde ese momento debí de imaginar que era muy mentirosa, que no estaba dispuesta a darse sino a jugar el juego del gato y la gallina: uno maúlla y la otra cacarea.

Mentir en este país es algo natural y la *Chancla* hacia honor a su estirpe, a su identidad cultural; entonces, establecidas las reglas del juego, *los dos nos hacíamos güeyes*:

–Hola, qué andas haciendo por aquí... —hola te hace la cola, pensé y me reclamé por vulgar, entonces como midiendo la distancia que recorrían las hormigas para llevar la comida a su hogar, contesté a la pregunta de la Chancla:

–Pues ahí pasándola, manita.

La interdicha con sus libros aprisionados contra su pecho, con mala leche, me interrogó para ir alargando la plática:

–¿Por qué no entraste a la clase...? —yo, ante esa pregunta, me sentía sorprendido con las manos en la masa. Reflexioné, ésta quiere que le diga que la ando siguiendo, pero como bien dicen los sabios socráticos, no hay mejor mentira que decir la verdad.

–Pues porque no sé... no hay clase, ¿verdad? —o sea, *que estaba bien pendejo en los gajes del amor*.

–Pues sí ¿verdad? —la mujercita me hizo eco.

Sentí al instante cómo se deshizo en apretujones el corazón de la Chancla, es ese tipo de sensaciones donde sin tener pruebas uno puede afirmar que: ¡Ésta está cáete cadáver! ¡Ya la prendí!

–Voy a la biblioteca, ¿tú a dónde vas?

Me tendió el garlito la prenda amada. Estaba tirada la pantaleta a plenitud y ni modo de apretarme mi calzón. Con lógica aristotélica concluí la tentación.

–A la biblioteca también. ¿Si quiere vamos juntos?

Y como en estas situaciones lo que manda es la intuición. *La tomé de la mano, la tenía sudada*, me dieron ganas de soltarla pero me dije aguanta para que la costumbre haga tradición. Ella se disculpó:

–Es que me echo crema en las manos —y era cierto, a pesar de la humedad nerviosa, la piel de su mano se sentía *como el mármol que usan en las ostionerías: liso, frío y sudado*.

Esa evocación afrodisiaca me produjo el antojo de una *campe-*

chana de mariscos: media docena de camarones y otra medía docena de ostiones acabados de salir de su concha, con salsa catsup, cebolla y cilantro picado, con su rebanas de aguacate y una cucharada pequeña de aceite de oliva para que la campechana no caiga pesada al estómago y levante el ánimo de la libido.

Ella de seguro sintió la misma vibra porque dijo:

—Tengo hambre, ¿tú no? ¿Te gustan las galletas saladas?

La pinche angustia del jodido me invadió en el momento más romántico del ligue. Como si fuera perro rascaba el bolsillo de mi pantalón buscando algunas chinches monedas. Mis cinco dedos nadaron en la orfandad de mi miseria, ni un pulgoso peso traía. Tragué saliva y no una vez sino una procesión de viernes santo. Mi pobre corazón se preguntaba por qué, por qué, por qué. Fue cuando llegó la pregunta femenina llena de magnanimidad.

—*¿Te invitó una coca cola? ¡Yo pago!*

La frase me agarró a la mitad del camino, en el vértice cabalístico de la tragedia capitalista y la cultura machista; o si lo veo con aquello ojos de adolescente, en el romántico momento del no retorno. Y remató la Chancla con amor.

—*En la cafetería podemos estudiar.*

Yo nada más seguí caminado rumbo a la cafetería, pero con mi mano derritiéndose sobre su acuosa mano. De reojo miré las manos entrelazadas para ver si todavía tenían forma, ahí estaban, pero el rastro de nuestro camino estaba marcado por un tenue goteo sudoroso. Gota a gota llegamos a las puertas de la cafetería. *Me sentía como guajolote en vísperas de Navidad.*

12

Así es el amor, cuando uno menos se lo espera ya se está en lo oscurito con el abacho becho de a tranquita.

Muchas veces traté de explicárselo a mi hijo: en el amor nunca se tiene el control, porque cuando no hay amor *uno se hace maje*; no hay bronca, siempre hay modo de zafarse.

Lo digo por experiencia, conocí mujeres y sentí entusiasmos; me aloqué y fui puntual en las citas; me vestí de pipa y guante y se me caía la baba de lado, pero al estar con ellas no había sensación de "aquí me hago la vasectomía".

Sólo con Ángeles, que así se llama la Chancla, fue distinto, el hecho de que ella haya pagado las galletas, las papas fritas y las cocas no me impactó; en mi situación económica cualquier mujer podía darse el lujo de invitarme un refresco y unas galletas. Fue más bien la química de nuestra miradas lo que nos conectó, *para hacer chiras pelas.*

El país iba para arriba y adelante, podíamos administrar nuestra riqueza, las familias pequeñas se acostumbraban a vivir mejor y el Rigo Tovar componía canciones que describían a plenitud nuestros sentimientos: *Te quiero, dijiste...* o las del Príncipe de la canción: José José: *Amor como el nuestro no hay dos en la vida...* Me influían las preferencias de la Chancla: *Qué triste fue decirnos adiós cuando nos amábamos más...*

Y yo supongo si no me ciega la vanidad, ella sentía por esta humilde persona: AMOR, *con mayúsculas,* porque a pesar de todo el daño que nos habíamos hecho, donde se encendió el fuego quedaban cenizas que seguían tiznando nuestros corazones, *aunque, la verdad, se anduviera dando el acostón con otros sujetos.*

Y las pruebas ahí están. *Ella no anduvo conmigo por interés,* desde el principio lo demostró, *ella fue la que disparó las coca colas.*

Eso me conmovió. Agarré a la Chancla, la besé y papas con catsup: Mmmmua, fue un beso de estudiante sin malicia pero aventado, succionador, con la lengua como tranca; sucedió cuando salimos de la cafetería, a la sombra de un árbol, como en los cuentos de Archi, le acaricié la cara y cuando vi que sus labios paraditos sobres y zas. Me dijo:

—*Ay, das toques...* —y me cai que sí:

En tus manos yo aprendí a beber agua, fui gorrión que se quedó preso en tu jaula... José José se escuchaba en todas partes.

—Perdón... —le contesté muy serio.

Se rio, nos abrazamos, sentí en mis brazos lo que es amar y ser amado en tierra de creyentes.

No dejabas de mirar, estabas sola, completamente bella y sensual, algo me arrastró hacia a ti como una ola, y fui, te dije: hola, qué tal. Esa noche entre tus brazos caí en la trampa, cazaste al aprendiz de seductor, y me diste de comer sobre tu palma toda la canción nos la aventábamos, como si una voz de nuestro interior nos hubiera ordenado: —*¡Engarrótense a'i!*

El amor al principio es puro corazón de melón, miel sobre Corn Flakes: Que esto mi amor, sí cómo no, mi reina. Que esto otro, sí mi rey como tú digas... ¡Puro verso!

Por eso, esa noche después del beso, a la hora de tomar mi café con leche, me quedé como ido. Ni Gavilán o Paloma, era un pinche pichoncito en casa de sus papás.

Mis Padres, muy serios, me miraban y se miraban. Lo que es la experiencia, se cercioraban...

–*Te sientes mal, hijo*. Nos has probado tu café..., ya se te enfrió. *¿Es difícil el Ce Ce Ache?* ¿O te cayeron de peso las clases...?

La jefa era ducha para percibir el menor cambio en sus hijos. Y el jefecito, todo cansado del trabajo, tirado sobre el sillón destartalado, atento al quehacer de su vieja.

–*¿Qué mosca le picó a éste, vieja?*

Me sentí contento ante tanta atención, a pesar de que descubrieron mi cara de menso. Los tranquilicé. Hablé:

–No pasa nada, Ma. Es muy diferente a la Secundaria. Acá te tratan como un hombre —al decir esto hinché mi pecho y saqué la quijada para que se dieran cuenta que *ya me rasuraba, aunque fuera cada ocho días*.

Mi padre con esa mirada que tenía, taladró mi ser de los pies a la cabeza.

–Estás rarito, ni ruido haces... ¿Tienes algún problema? ¿Quieres hablar de hombre a hombre?

Me reí. Tomé un sorbo de café. *Me quemé el hocico*, estaba bien caliente.

–Ooh... Estoy bien, como Tarzán saltando de liana en liana. ¡Me arde la lengua!

–Quién te la mordió... —exclamó mi jefecito con una sonrisa de complicidad.

–*¡Me quemé!* Ay mamá, porque no me dices que está caliente el café.

–Ay, muchacho menso —evitó el reclamo la Ma.

–Primero se mete la puntita de la lengua —siguió mi Pa. Qué no ves que hasta humito le está saliendo a la taza...

–Ay, hijo, en qué cabeza cabe darle un sorbo. Oyes, *¿andas de mujeriego?*

–Mujer, deja al chamaco. Que vaya aprendiendo... —Pa me miró a los ojos y me dijo—: Está bien, hijo, es bueno; *lo malo es que te agarren de bajadita*. Porque hay cada canija: es cosa de que te tome la medida y ya no te suelta la rienda.

–No, no, que no le gusten. *Todavía está muy chico* —refutó mi Mami.

–*Tranquilina*, mujer, fíjate lo que dices. Es hombre, y al hombre, ni modo, le tienen que gustar las mujeres. *Va estar más cabrón que le guste el jamón ahumado.*

–Nooo. Óyeme tú. Yo no digo que no le gusten, digo que está muy chiquito para pensar en las viejas, ahorita no está él para esas cosas.

–Mujer, pero si es la edad del puro mole de olla y de los taquitos con tuétano; es cuando *lo mero bueno se come a sorbidas.*

–¡Grosero! Qué no ves que ya entró a la escuela. Y por andar de baboso, no vaya a estudiar, luego, hasta se quieren casar. Ni Dios lo permita.

–No tiene nada de malo. Tendrá que casarse.

–Pero a su tiempo. Hay un tiempo para estudiar y otro para ser novio y otro para el matrimonio. Y ése, todavía no es el suyo. Ahorita es el tiempo de que le chingue al estudio.

El jefe se rio.

–¿Dime, cuándo va a practicar?

–Ya vas de manga ancha. No escarmientas. No ves lo que le pasó al Arqueólogo, ¡pobrecito! ahorita anda pasando fríos en Chicago.

–*Tranquilina*, mujer...

–Cállate, como tú no eres quien lidia con las nueras, ¿verdad?

–Te adelantas, mujer, deja a mi hijo que empiece a darle aplausos al amor.

–No, no, hijo, ahorita no estás para novias —mi mami con horror contempló mi cara. *Mira qué cara de menso se te está haciendo.* ¡Estudia!

–Mujer, si nadie le está diciendo que no estudie, lo que tiene que aprender es a andar con las mujeres y estudiar, son sus tiempos de escuela y muchachas, que las conozca, *para que no lo hagan maje.*

–No, mi hijito, no te vayas a volar con ninguna hasta que termines tus estudios, entonces te vas a encontrar una mujer de tu profesión.

–*Yaaaa, vieja, no veas tantas telenovelas.* Si el muchacho no es pendejo. Bien sabe que dos más dos son cuatro.

–Ay hijito, lo que es la vida: quién me diría que en tu primer día de Prepa ibas a *regresar amolado.*

Francamente mi mamacita santa exageró, cierto, andaba en otra velocidad, pero contento. Me fui a dormir, alcancé a escuchar la risa de mi padre que me gritaba:

–*Eres chingón, mi Rey* —le murmuró a mi madre—: No le vuelvas a decir menso a mi hijo, mujer, ¿cuándo sabrás educar a los niños? Qué no ves lo que dicen los psicólogos: a los niños no se les menosprecia, se les motiva. ¡Hay que mentalizarlo!

–¿Qué quieres que le diga?

–Que es un chingón. *Que se mentalice.* Que tenga actitud positiva.

–De acuerdo, pero en la escuela, nada de mujeres; *mira al pobrecito güey, tiene sus ojitos como de cocona desharrapada.* A mí, como madre, no me gusta verlo así.

¡La escuela era el objetivo para triunfar en la vida! Mi madre lo creía como un dogma. Oh, la escuela, *ellos no sabían que la escuela sería mi perdición.*

13

El amor tiene pies. Al otro día fui el primero en llegar al salón de clases. La busqué. El salón estaba tan solitario como mi espíritu.

No lo podía creer, cómo alguien puede encontrar al amor de su vida en el salón de clases ¡y no llegar temprano a la primera clase! ¡No estaba la Chancla!

Me senté en la silla del profesor y comencé a hacer cuentas, muy seriamente rumbo al futuro: Tres del Ce, Ce, Ache y cinco de la carrera más dieciséis de edad daban un total de 24 años. Me espanté; cuando recibiera mi título tendría 25 años, *ya sería muy viejo.*

Me sentí derrotado. La disyuntiva era: ¿Aguantaremos tantos años de novios con las manitas sudadas? o de plano ¿le pondremos Jorge al niño?

No me contesté esa pregunta capital en ese instante (pregunta que me rondaría durante tantos años en el estómago) porque en ese segundo *entró triunfante la Chancla*, entró echando pestes de *las manoseadas del Metro.* ¡Ya desde ahí agarrábamos confianza!

Me va a perdonar, pero le suplico me exima de la dolorosa responsabilidad de contarle los días felices del alborotado amor; de cómo nos hacíamos las tareas mientras *nos veíamos cara a cara sin estornudar;* de cómo nos convidábamos de nuestros refrescos y *no nos daba asco chupar del mismo popote* o de las muchas veces que faltamos a clases para irnos a cachondear en cuanto encontrábamos un lugar solitario, y de las regañadas que nos dio todo mundo por andar de calenturientos, regaños que llegaron hasta los oídos de mis Jefa. Y las consabidas refrescadas de las desgracias de mi hermanito el Arqueólogo. Y nuestros papás diciéndonos *como si la cosa fuera pura fuerza de voluntad*:

–¡*Aguántense* a que terminen su carrera!

Y los familiares de la novia:

–Cálmate, güey, tú que te la comes y nosotros que te reventamos el buche.

Los maestros:

–Los voy a reprobar si siguen copiándose y cogiéndose de las manos. ¡Suéltale la mano! ¡No te la van a robar!

Los tíos buena onda:

–No la rieguen, véanse en este espejo. Cójanse cariño pero sigan estudiando —y muy discretos *me dejaron una tira de condones*.

Y como si fueran porristas de futbol, las amigas nos animaban.

–*Sí-se-pue-de. Sí-se-pue-de.*

Y los abuelos de la susodicha:

–*Si es niño le ponen mi nombre, Evodio*, y si es niña el de tu abuelita, *Pancracia*.

Todo mundo se creía con derecho a meterse en estas cosas del amor, parecía que traíamos un letrero que decía: "Se solicita Doctora Corazón. Un par de almas gemelas desesperadas ¡andan que no se aguantan!".

Había cada pendejo disfrazado de buena gente que hasta nos regaló el libro de Cuauhtémoc Juárez *Una flor con el Caguamo o cómo llegar con vestido blanco al altar*.

Bueno, hasta los pinches policías quisieron negociar con nuestro amor.

¡Pero con la Chancla se les peló!

Una noche de luna llena, en un cálido verano chilango, el amor nos poseía. *Cucurrucú Paloma*.

El papá de mi novia tenía una cadena de taquerías y una camioneta de reparto. Era una pick up compacta, de ésas de *"échalas pacá"*.

No fuimos al cine como dijo la Chancla a sus familiares, más bien aprovechamos el vehículo para detenernos en un jardincito a la sombra de un jacaranda tupida.

Apenas si estábamos en el preámbulo romanticón cuando unos güeyes nos metieron un sustote.

Nos estábamos tentaleando nuestra intimidad y ella se animó a llenarse la boca de mí. Un mono bigotón con tremendo lamparón nos iluminó a todo lo que daba su ostentación. *Hasta el pinche ardor se me desinfló.*

El policía ese y su pareja se portaron gandallas y no sólo por corruptos y prepotentes, sino por ser insensibles al amor cachondo de dos jovencitos que estaban en sus primeros fajes.

Los polis esos ya estaban grandecitos, eran dos sujetos torvos, ocultaban su nombre y número de la placa con masking tape, eso sí, gritaban en grande para atemorizarnos. Uno se parecía a *Charles Bronson* y el otro al *Chavo del Ocho.*

La Chancla, muy tierna, levantó su carita, todavía con sus labios entreabiertos, sus ojos azorados no se avergonzaron, como que ya se sabía la tradicional obsesión de los policía por acusar a los enamorados de faltas a la moral en lo oscurito.

Los tecolotes, como si fueran forajidos en lugar de policías, atemorizaban.

—No, joven, con el debido respeto que usted me merece, la señorita está ejerciendo la prostitución en plena vía pública, ¡la riegan! *¿A ver dígame para qué están los hoteles?* ¿Qué, no tiene dinero? pues, pida prestado. Qué es eso de andarlo haciendo en los coches, créame, es hasta incómodo.

Miré al policía que se parecía a Charles Bronson con mi actitud más decente:

—Señor policía le voy a pedir un favor, si quiere llevarnos a la Delegación de policía llévenos —y yo muy aventado, como los charros de Jalisco—, *pero no ofenda a la señorita.*

—No la estoy ofendiendo, es de lo que le vamos a levantar cargos con el Ministerio Público.

—Qué pasó oficial —quise bajarle a mi estado de ánimo porque luego luego le vi los colmillos babeando como lobo feroz. *La señorita es mi novia, no está haciendo negocio.*

La Chancla pelaba unos ojotes a punto de vomitar mentadas de madre pero se aguantaba.

—Cómo ves pareja, aquí el joven quiere defender a la muchacha. ¿Le damos chance o los remitimos a la Delegación?

—Que lo diga el joven, *cómo nos lo va a agradecer.* Si la señorita es señorita no vamos a querer dañar su reputación.

–Yaaa, si la verdad, no estabamos haciendo nada, *sólo unos besitos* —dije como para entrar en confianza.

El que se parecía al Chavo del Ocho se quitó la gorra, se rascó la nuca y quiso mostrarse caballeroso.

–Sí joven, correcto. *¿Pero dónde se los estaban dando?* Dígame, nomás dígame, *¿qué besos son ésos?* Con el respeto que me merece la señorita, la muchacha *le estaba besando el pizarrín*, y usted parecía becerro en crianza. Óigame. ¿Cómo que nada?, no me mienta porque sin más los remitimos a la Delegación. Yo me estoy portando buena onda con usted, porque sé lo que es andar ganoso, pero si le quiere vender chiles verdes al cuaresmeño pues se va tener que sentar con don Clemente Jacques, mejor conocido entre la raza como el Jalapeño, su servidor. *Usted dice de a cuánto es su agradecimiento*, o ya no alegamos y nos vamos con el Ministerio Público.

Bien gandallas, no crea que estaban ofendidos o que eran del PAN o representantes del Nuncio Apostólico, no, eran muy celosos de su deberes y responsabilidades hogareñas, a como diera lugar tenían que sacar para mantener a su familia y no había otra que la calle; así se pasaban las noches, *chingando a los amorosos.*

–Ya les di su chance para que se pusieran agradecidos. Pareja, no más explicaciones; vamos a remitirlos. Ándele señorita, acompáñenos a la Delegación por andar ejerciendo la prostitución con un menor de edad —*dijo el clon del Chavo del Ocho.*

–No, espere, señor policía —yo sí, para qué es más que la pura verdad, ahí me aflojé todito, los dos éramos menores de edad pero nos trataban como delincuentes, pensé que de menos a la Chancla le tocaba muerte a garrotazo limpio. Pobrecita, la vi muy pálida, de por sí que tiene un tono moreno verdoso. Me dije: ni modo, tengo que ser valiente.

–*No tengo dinero* —*es lo más gacho de ser jodido.* Todo le cuesta a uno el doble, hasta salir de las broncas, pensé, de seguro que con cien pesos se van contentos los pinches policías.

–*Un ciego, mis polis, y ya nos vamos de lo oscurito* —se rieron.

–Ya pareja, éste nos está vacilando; cómo cien pesos. A ver, qué traes de valor, un relojito. No pareja, éste está prángana. *¿Y la chavita, aflojará?* —el Charles Bronson se veía libidinoso.

La Chancla comenzó a temblar, pero no crean que es de las mujeres que se doblan, no qué va, es cuando le sale lo Pedroza. Y como vas prieta, que se surte a los polis con su verbo taquero.

–*¿Cómo que puta, desgraciado?* —le dice al Charles Bronson. ¿Quién te crees tú, hijo de la chingada? —se fue como la Chilindrina contra el Chavo del Ocho, a puro verbo del diccionario de la Chinaca nacional.

–¿Ya te diste cuenta de qué me estás acusando, enano, o lo estás haciendo para que te demos tu mordida? ¿De qué quieres tus quesadillas, de queso o de papas? *Porque hueso para el perro no va haber.*

El policía chaparrito se quedó pendejo. Me miraba como queriendo preguntar: *"Cabrón ¿de dónde la sacaste? ¿Es hermana de Lady Di?".* El policía iba a hablar, pero se quedó como si se fuera a cagar en los calzones. La Chancla nada más era cosa de que agarrara velocidad porque entonces hasta la tierra temblaba.

–Qué, porque me ven mujer creen que no me puedo defender. Están jodidos. Así como andan de misteriosos deberían de cuidar a los pinches políticos rateros y meterlos a la cárcel. Qué chingones, todo sobre el jodido, *sobres y zas y patrás* con la mujer, a que no van así por las colonias residenciales. ¿Verdad que no? Porque allí se los enchilan sus jefes —a estas alturas *la Chancla había agarrado el tonito de hablar de los antiguos líderes del movimiento estudiantil de 1968.* Típica chava del *Ce Ce Ache.* Los policías seguían igual de pendejos ante tanta verborrea politizada.

–No señorita, pero es que mire, que tal si la viola este cabrón, nosotros nos acercamos porque pensamos que este joven tenía cara de violador, ya ve cómo anda de moda el estrangulador de Boston; *capaz de que así como la tenía el joven le arranca las orejas* o a lo mejor la quiere 'ogar —dijo el Chavo del Ocho con voz de Tin Tan.

La Chancla, así enana como es, miraba de abajo a arriba al policía que me acusaba de violador.

–¿Yo, cuándo la quería ahorcar? Le estaba acariciando el cabello —dije ante el ejemplo de la Chancla.

–Bueno, yo creía señorita —el poli no me peló, estaba temblando, estrujaba su cachiporra con nerviosismo. La Chancla lo captó.

–¿Y ahora qué?, ¿qué me está insinuando?, deje en paz esa cosa... —el policía escondía detrás de sí la cachiporra. Pero la Chancla no cedió ni un centímetro, se abalanzó *con determinación, defendiendo sus derechos de género:*

–Usted cree que la gente al ver a la policía se siente culpable para darle su mordida, pero yo, mujer, voy a ser quien lo va a acusar con el Ministerio Público de pervertido, corrupto y pendejo. ¿Qué esconde?, *¿por qué tapa su placa con masking tape?*

Los polis recularon, sus rostros brillaban cada vez más, la piel morena se perlaba como piel de charol, la chaparrita era chiquita y gordita como un chile manzano.

–*Ya basta de que al jodido lo sobajen*. No porque nos vean chiquitos piensen que no estudiamos. Y no porque me vean mujer piensen que no voy a pegar de gritos. Nosotros somos estudiantes.

¿Estudiantes? ¿Estudiamos? ¡Estudiamos!, ésa era la palabra clave. Como decía mi mamacita, había que estudiar para vivir mejor. Me cay que el miedo se me fue, a los polis los vi como huitlacoches en quesadillas, negros y apachurrados.

–¿*Faltas a la moral?* ¡Usted son los que ofenden a la sociedad!

Así como me ve, me estiré para estar a la altura de las circunstancias. Uno de los polis al verme tan girito, rezongó.

–Ya muchachón, dame lo que me ibas a dar; a'i un cualquier, para la sed.

Cuando dijo lo de la sed, la Chancla se encabritó.

–*Desvergonzados*, todavía después del susto quieren que les quitemos la sed.

Faltaba más que les diéramos para tomarse una coca cola, pues en qué país cocacolero vivimos donde los policías le piden a los ciudadanos para el refresco, qué *los tienen tan sedientos en el gobierno que por eso andan disfrazados de forajidos*, y tanto sustote para chantajear por una coca cola: *¿Que tan jodida está la patria?* De seguro a ustedes los mandan para robarnos en lugar de cuidarnos. Está cabrón mi país. Se imaginan tener a policías tan pendejos y tan rateros. Qué tal si nos invaden los gringos. ¿Saben cuándo vamos a ganarles una guerra, con ustedes? ¡Nunca jamás! *Monigotes del Mono Durazo*.

Los policías no se acababan el diluvio de frases encabritadas. Semejantes a la noche, los uniformados se escurrieron pegados a las paredes del barrio.

Me sentí mal al ver a *los polis escurridos en la ignominia*; la Chancla no les tenía compasión, les siguió gritando.

–Huyen como las ratas cuando les avientan cubetadas de agua, con el rabo todo mojado —me miró, medio sonrió y pensé a ésta *ya le pegó lo del año del 68*. Me abrazó y con profundidad lanzó esta frase:

–Hay que estudiar para saberse defender. *¡Ya basta de que el jodido sea el burro en las clases de historia!*

¡Ah, chingá! Como que instintivamente *quise rebuznar* pero aguante el reflejo y me le quedé viendo, tratando de descubrir rasgos de mi mamacita santa en mi noviecita santa; pero más bien veía *unas barbas a la Carlos Marx.*

Tal parecía que las llaves para entrar al Edén estaba en los estudios. *Ora sí, a licenciarse de la pobreza.*

Lo único que me incomodaba, como un barro en las nalgas, era un cinco de calificación en matemáticas y un cuatro en historia; pero no me amilané, sabía que el amor derribaba barreras, además, el presidente había dicho en la televisión que un futuro luminoso le esperaba al país, pues pronto tendríamos que saber administrar la abundancia.

Y para eso yo estudiaba, para estar preparado a la hora de las grandes oportunidades. *¡Yo no quería que me dieran, sino estar donde hubiera!*

14

El hombre es hombre y la mujer es mujer. El pecado es deseo. Y al deseo le urgen respuestas. Y las respuestas llegan tentaleando la vida. Y uno se embarca. Y luego la bronca está en que uno se queda ciscado. Y como diría el estimado Mundo Freud: "Guamazo que no ataranta, fortalece el carácter".

Después de ver las broncas de mi hermano, le prometí a la Guadalupana no embarcarme antes de tiempo, es decir, antes de que obtuviera mi título profesional. *A ese Título lo veía como a una tilma llena de rosas.*

Lo que no me imaginaba era que *las rosas tienen espinas.*

La Chancla, para que es más que la pura verdad, andaba ganosa, urgida de conocer al hombre; su enjundia me espantaba.

–Vamos al hotel... —proponía ardiendo en calentura. Ya me cansé de estar besándotelo y tú nada de acción; siempre dices que aquí no se puede.

La verdad, era muy incómodo en un coche tratar de besarle su pasión.

No me da pena decirlo, ella fue la que me enseñó a viborear.

Yo callado, evitaba contestarle de frente, paralizado, miraba sus pechos prodigiosos.

Reaccionaba a lo idiota *cuando paraba su frondoso cucu,* porque su cucu era la parte de su cuerpo que más me volvía loco. Calculándole, yo creo que de jovencita ha de haber sido talla treinta y ocho rozando los cuarenta, era como decían los cuates:

–Para ser de señorita ya está muy grande y redondeado.

Esa gracia que adornaba a la Chancla era un suplicio para mí al salir con ella a la calle —y no estoy diciendo que iba vestida con minifalda, era un simple y proleta pantalón de mezclilla. Sus nalgotas eran como si una corneta ordenara a la tropa:

–¡Firmes!

Los choferes de los microbuses me traían frito, a puro grito de:

–¡Cuuuñado, ahí me las cuidas! —o los más perspicaces laceraban mi autoestima—: *¡Ése, pásala, es mucha carne para ti! ¡Te vas 'ogar de tanto rogar...!*

Pero mi "yo" le daba ánimos a mi super ello: *"Tengo una vieja bien güena".* La Chancla era un motorcito fórmula uno. Cualquiera quería meterle la palanca de las velocidades.

Confieso, de cabrón a cabrón me traía de puras nalgas. En ese encuentro de deseos me enfrentaba al dilema de mi destino: o cedía a mi calentura y me abrochaba a la Chancla, o pasaba de frente y llegaba a mi destino: *¡Ser licenciado en Sociología!*

Pero, ay, la cruel realidad telenovelera, me enfrentaba una y otra vez con la misma canción proletaria; mis manos nadaban en el vacío de mis bolsillos, me sentía un mísero personaje de Dickens:

"¿Con qué ojos divina garza?"

Con qué gallardía podía enfrentarme a los cálidos y sedientos ojos de la Chancla para decirle mi neta al oído:

–*¡No tengo para pagar el hotel!*

Y ni modo de pedirle prestado si desde el principio había pagado las coca colas. Aunque me latía que el amor de la Chancla hacia su humilde persona era tan grande como para pedirle que ella pagara el cuarto porque era como si le hubiera hablado el Santo Papa; el pedo froydeano era que yo no me sentía papa.

Así las cosas de la vida, a la hora de la hora, *me hacía el occiso ante la Chancla.*

Lo cual la encabronaba sobremanera.

Y lo que es el carácter de las mujeres o del ser humano, las trae uno en chinga y ahí andan tras de uno.

En cambio va uno y pide y ruega y lo traen a uno como su trapeador, cacheteando el suelo.

La Chancla andaba querendona y *tenía una extraña debilidad con los seguidores de Lenin,* le pasaba lo que al perico: que se agacha y por otro poquito se lo chingan.

Fue en el tiempo en que nos metimos de guerrilleros mitote-

ros. El maestro de Lógica, nos puso a leer *El origen de la familia y la abolición de la propiedad privada*, de Perico Engels.

Lo bueno fue que me di cuenta a tiempo, si no el que termina bombeándose a la Chancla es el maestro de Lógica; bueno.

Con eso de que *decía que el guayabo también era propiedad común*, quería frotarle las naranjas a mi vieja como si fuera un silogismo.

15

Me acuerdo: por esos años estaban de moda las canciones de Pablo Milanés y los versos de Mario Benedetti, aquello de que "codo a codo somos más que dos" y era un pinche tentaleo...

Fue un 2 de octubre.

Dos días antes, el maestro Vacunin, nos había invitado a la marcha para conmemorar a los estudiantes caídos en 1968. Los alumnos quedamos de vernos en la plaza de las Tres Culturas, en Tlatelolco, pero el maestrín le pidió de favor a la Chancla que si pasaba antes a su departamento para que le ayudara con unos volantes. *La Chancla con espíritu revolucionario se acomidió*, es más, yo me contagié, y dije:

—Yo también voy maestro.

El maestro con lógica me desarmó:

—*No Macioare*, tú te me vas a la plaza de las Tres Culturas para que organices una brigada, tú conoces esos rumbos lumpenproletarios; déjame a tu vieja para que me eche la mano.

Y yo, *en la pendeja revolucionaria*, dije:

—*Okey*, maestro Vacunin.

La Chancla, ya luego, en la noche del 2 de octubre, en la plaza, durante el mitin, me platicó *el desmadre que armó la aparecida* en el departamento de Vacunin.

—Mi amor, llego a su departamento en la colonia Roma... *No vayas a pensar mal*, por favor amor, *por eso te lo platico*, para que me tengas confianza... júrame que me vas a creer todo lo que te diga, *amorcito lindo*; es por donde hay un salón de fiestas, te acuerdas que una vez fuimos a una boda, ahí, sí cariño, pues, al ladito vive Vacunin... *ay mi amor, no vayas a sentir feo*. Yo llegué bien. Toco y el maestro se asoma por la ventana, ¿tú crees?, cantando, bien zafado:

–Esto no puede ser nomás que una canción, quisiera que fuera una declaración de amor, Chaaancla, Chaaancla...

–El maestro se acababa de levantar. Los pocos pelos que tenía estaban parados, amor; traía puesta una batita a la Mauricio Garcés... ¡Mi amor!, *prométeme que no vas a dudar de mí.*

Ya, ya, te cuento. El profe estaba raro, los ojos se le colgaban de sus ojeras. Le sonreí, a señas, me dijo: que en un ratito bajaba. *Y me sacó su lengua como víbora*, dije; "ay, *ese maestro parece retrasado mental"*.

Cuando abrió la puerta le vi todas sus desgracias, amor; sus güevitos parecían orejones de fruta seca y el pito como garfio de capitán pirata. *Yo no me espanté*, Macs, pensé: "Así son los revolucionarios, olvidadizos, con las cosas cotidianas".

Amor, *Vacunin no traía calzones*, le vi todo, todito; el prepucio parecía liga guanga. *¡Por ésta!*

Bajando las escaleras como si nada me dijo:

–Sube niña Chancla. ¿No vino contigo el menso?

Ahí me cayó gordo, *menospreciaba tu I. Q.*, pero no le dije nada, Macs; me ganó la risa cuando se dio la vuelta, para que lo siguiera, se rascó los güevos; se veía nalgón y peludo.

Me dije: "pinche viejo cochino". Me dijo:

–Hijita, qué bueno que viniste, se me estaba haciendo tarde. —viéndolo de espaldas sentí que inclinaba su cabeza para verse su picha.

Subí las escalera.

Es un departamento dúplex grande lleno de libros; libros por todos lados, en la sala, en la mesa, en el suelo. Él, al fondo, me hizo señas de que fuera, y yo fui; mi amor, no te vayas a enojar, Macs, cuando terminé de esquivar todos los libros, descubrí que en su recámara tenía más libros. *El maestro se me pegó*, me dijo de una manera muy dulce.

–¡Qué hermosa eres Chancla! Te pareces a las "Tres Gracias" de Rubens.

Mi amor, yo pensé en ti; pero el maestro me electrizó, me tocó mis hombros y con su aliento en mi cuello, me dijo:

–También te pareces a las Venus que pintaba Titianus; pero más pechugona.

Me reí por vanidad, cariño, no te lo voy a negar. El maestro ni tarado ni perezoso en su recámara me enseñó un libro con los desnudos de Tiziano.

Tenía libros regados por todo el cuarto, me llamó la atención un libro de pinturas chinas, *eran cuadros con orgías chinas y otras de hindúes*. Quitándome la pena le pregunté por "las Venus" de Tiziano. Quería ver cómo era yo.

El maestro Vacunin con su dedo tembloroso y garriento me enseñó varias fotos a color con "las Venus". Me inflé como pavorreal, Macs. Hubieras visto qué hermosas mujeres había en ese libro. *¡Unos cuerpazos!*

–¿A poco así estoy? —le dije en buena onda.

–*No mi hijita, estás mucho mejor*, eres un belleza del chincuechento... —me contestó con las respiración agitada y su risita revoloteando en su lengua de víbora, *sentí como su mano temblorosa se movía por mi cintura* y pensé: "Ay, este maestro está crudo, se me hace que bebe mucho"; agarró una almohada y la acomodó cerca de mi espalda.

–*Ven, siéntate aquí, mi niña.*

Yo me iba a sentar en la almohada pero me ofreció sus piernas. Me senté en ellas y como papá me arrullaba. ¡Pobrecito!, jadeaba. Pensé: "No puede cargarme, le he de pesar mucho". Me dio ternura. Te voy a ser sincera, mi amor, la verdad, sí sentí su pizarrín, puntiagudo; pero me dije: *"Ay, creo que se lo estoy apachurrando"*, por ésta, Macs, hasta le dije:

–Maestro Vacunin si lo lastimo, me quito —pero el maestro, con alegría dijo:

–No mi hijita, si así estás muy bien, sí, cómo no —con su brazos pesó mi cuerpo, de una manera muy sana, Macs.

–Sí te aguanto, Chanclita —y como dando gracias al cielo, agregó—: Ya lo dijo el gran Proudhon, *la propiedad privada es un robo, muñequita* —sentí su mano larga y huesuda midiendo mis nalgas. *Que me caiga un rayo*, cariño, si pensé mal del maestro.

–Mira, niña hermosa, te pareces a estas mujeres...

Ay Macs, eran unas mujeres desnudas, muy hermosas, de nalgas redondas, grandotas y sus pechos chiquitos; fue cuando sentí su mano en medio de mis piernas, *me asusté*, porque ya iba directito a donde me besas. *Salté de sus piernas y apreté las mías*, sentí mi cuerpo temblar, pensé en ti, mi amor, te extrañaba.

Pero, *por estar pensando en ti*, mi vida, así, ñango, como ves al maestro Vacunin, me alzó al vuelo y me dobló por la cintura; me empinó sobre la orilla de la cama. Tenía debajo de mi estómago la almohada. Te vas a disgustar, mi amor, pero quiero ser sincera contigo: *me gustó estar así*.

–No mi niña, no te espantes, sólo quiero conocer por qué vuelves locos a los hombres. Ay, niña, qué redondas y jugosas están. Hermoso es el saber del mundo y bellísima la hospitalidad sobre las que se posan —parecía poeta. Su palabra me daba ardores. Su calor me inundaba. Él quería desabrochar mi pantalón pero estaba metido con calzador; fue por eso que lo dejé, sabía, mi amor, que si yo no quería, *no se las iba a aflojar. Tú eres mi Rey.*

Me bajó el cierre, fue cuando sentí sus manos sobando mis pezones, ni supe cómo me quitó el brassier; ya no me podía zafar, me tenía bien amacizada; para qué te cuento de su pizarrín, era una cosota que quería romper mi pantalón; entonces comencé a pensar, Macs, en que a lo mejor si me los bajaba *no nos reprobaba en lógica. Y...*

Tú tienes la culpa, mi amor, ¿cuántas veces te lo pedí? eras un mudo que ni tan siquiera respingaba. Yo me dije, pobre maestro, *ha de andar igual que yo*, me enternecí y reflexioné: *Total, ¿qué tanto es tantito?*

Las aflojé, amor, las aflojé para que resbalaran mis pantaloncitos con todo y mis calzoncitos.

–¡Ay ojón! —gritó Vacunin cuando me vio completita, mi amor, me sentí feliz de verlo tan contento. *¿Pero qué cosas son éstas, mi Chancla?* ¡Maciosare: un extraño enemigo...!

Ay, amor, yo te quiero a ti. No pasó nada. Te lo juro. Lo que te salvó fue que entró al departamento su esposa, como loca escapada del manicomio; parecía una aparición, traía una pancarta que decía: *"2 de octubre no se olvida".* Yo toda encuerada la miraba de reojo. Agarró por la greñas a Vacunin y con lógica le pescó su picha. Amor, hubieras visto como sufría el maestro, pobrecito, gritaba con el alma.

Me subí rápido los pantalones, agarré los volantes y que le digo:

–Ya me voy, lo espero en la marcha.

El maestro pegaba chicos gritotes.

Quise ser amable con la esposa, pero la señora estaba ida, bien agarrada de la picha de su esposo, se la retorcía; el maestro con su bata a la Mauricio Garcés, aguantaba la risa, saltaba como danzante y preguntaba:

–Rosa... ¿Cuándo llegaste?

–Desgraciado desmemoriado, te voy apachurrar la picha. ¿No te acuerdas? Dos de octubre no se olvida. Dos de octubre no se olvida.

–Rosa, esposa mía, si ya iba por ti.

–Desgraciado, demagogo... ¿Qué te crees, que la mujer es la loca del mundo?

Y zúmbale, con el palo le pegó a la punta de su garfio; y sangre, lo sangró. *Ay amor qué feo estuvo eso*.

Salí a la calle, miré hacia su ventana. El maestro Vacunin estaba apergollado de una de las puertas, su esposa le soltaba palazos sin poderle dar al trasero del profe.

Fue cuando llegó una ambulancia del manicomio de Tepepan. Los enfermeros me preguntaron si había visto entrar a una señora con una pancarta que decía: *"Dos de octubre no se olvida"*.

El enfermero corrió por las escaleras al ver los frutos pachiches del maestro columpiándose de la ventana.

–*Allá está Fraülein Luxemburgo*.

El Maestro con alivio gritaba:

–¡Ya se les volvió a escapar! ¡Ya ni chingan! Cada año me hacen el mismo teatrito.

El garfio del pobrecito Vacunin era un hilito desalineado. Me daba tanta ternura verlo colgado de la ventana, mi amor.

Te digo, no paso nada de nada. Aquí están los volantes. Yo te platico para que luego no me digas que aflojé; *porque yo quiero aflojar pero contigo, mi rey*.

Yo, el Maciosare, la verdad, al sentir tanta sinceridad por parte de la Chancla, pensé: "Si no me la bombeo se la van a bombear".

La Chancla se acurrucó contra mí, en plena plaza del Zócalo, y comenzó a gritar:

–¡2 de octubre no se olvida!

Ella tenía diecisiete años y yo iba a cumplir los dieciocho el próximo domingo; *y pronto, para liberar mi cartilla militar: ¡me tocaría marchar!*

¡Bara, bara, baratas las pantaletas, señora bonita!

16

No vaya a creer que me tragué aquello de que el maestro Vacunin no se bombeó a la Chancla. No qué va. Sólo que el amor es ciego.

Cómo me di cuenta, se preguntará, muy sencillo, cuando, después de comer una docena de ostiones y camarones, me llevé al hotel a la Chancla. Y me la bombeé por primera vez. Ella pegaba unos gritos muy exagerados, *y dudé de mí*, y me dije, pues *ni que yo fuera para*

tanto; y de plano sentí escozor cuando se apalancó con sus manos sobre mi cintura *y se movía pidiendo amor*:

–¡Macs! ¡Ay amor! ¡Qué lindo eres! —me mojó con tanta pasión que dejó mis nalgas bien pellizcadas. *¿De quién son, Macs?*

A fuerza de ser sincero, pensé, esa tarde en el cuarto de hotel,
mientras admiraba, cuando dormía, la tremenda desnudez de la
Chancla. *"Es mucha mujer para mí, estoy muy pendejo para ella."* No
reclamé, dejé que el agua corriera.

Uno es hocicón cuando se anda herido de muerte en eso de los
amores.

Mi plan era perfecto. La Chancla me encantaba, pero todos me
decían:

–Te ve la cara la Chanclita. De cuates te lo digo, mejor estudia.
No la jetees, los amores van y vienen y más como los de la Chancla.

Y yo a todos respondía con fingida madurez:

–Yo sé que la Chancla me baila, *pero todo lo tengo bajo control*. Cuando yo quiera *la dejo*.

¡Sí, chucha! *¡Pura pistola!* No quería aceptar que en esto de
los amores uno se hace pendejo. Que por ella estaba hasta las manitas
bien capeadas, embrujado, idiotizado, lelo como ajolote baboso, tor-
cido en mi lado moridor: *el querendón*.

Ésos fueron los meses de un idilio ardiente y gandalla, el mejor de mi vida. Sabía *que de repente la Chancla me era infiel*, o mejor
dicho, el corazón me avisaba, y los cuates también, bueno, hasta mi
mamacita linda y querida.

–Ay hijito de mi vida y de mi amor, ¿qué te ha dado esa escuincla
que te tiene tan pendejo...? Ya me dijeron tus amiguitos que esa muchacha anda con tu maestro de lógica. *Déjala*, tú a lo tuyo, *el estudio*.

Sólo mi jefe me entendía.

–*Ah qué escuincle baboso*, te llegó tu hora. Vente, vamos a to-
marnos un café con leche *a Garibaldi*.

Vi a mi jefe mirándome como hombre. No le contesté, lo seguí,
tenía ganas de soltar todo lo que se me atoraba en el buche.

En vez de beber café con leche *terminamos en la intimidad de
una pulquería* que hay en la plaza de Garibaldi.

–Sí jefecito, la Chancla me es infiel. Pero *yo la sigo queriendo*.
¿Por qué? Porque siento que en el fondo al único que quiere es a mí.

Mi jefe tomó su vaso de pulque, un curado de ajo, *bebió*, se limpió la baba que hacía brillar sus labios, se alineó con el dedo meñique
su bigote. Me miró de cabrón a cabrón.

–Pues qué te puedo decir, mi niño, si ya te tiene bien enculado la chiquilla. Todo lo que te diga no lo vas a escuchar. *Entre más te diga que la dejes más te vas a entercar*. Ah qué mi hijo, ya creciste, ya te llegó la hora, hijo, nadie escarmienta en cabeza ajena... *¡chíngate si así eres feliz!*

Bebió hasta el fondo del vaso, ágil con la mano cortó la baba del pulque. Mi jefecito me miró con harto amor, y mientras con la baba del pulque hacia en el suelo *la silueta de un alacrán*, me dijo:

–Nada más recuérdalo cuando sientas que te doblas: aquí está tu viejo para hacerte fuerte *en la malas y en la buenas*.

–Pero..., usted qué me dice, *la dejo o qué* —quería inventar disculpas para seguir en mi desventura. Pero en estas cosas mi viejo era mucha medicina.

–*No te hagas pendejo, no tienes ganas de dejarla*. Ya las tendrás y solito te desapendejarás, mi niño, anda, *bebe*, que este pulque es muchachero. Por lo que me platican de esa muchacha *vas a tener que cargar*, muy bien, *tus baterías*.

Bebí un vaso de pulque. Y no sé, pero fue una de esas cosas que andan rondando en la cabeza de uno, vi los destellos de la luz sobre las aristas del vidrio cuadriculado del vaso y le dije sinceramente a mi jefe.

–Pero usted qué opina, *¿me debo de casar con ella o no?*

Mi pobrecito jefe, desde sus treinta y siete años de edad, que rezumaban vejez y experiencia, sonrió, pidió al pulquero otro litro del curado de ajo y me dijo:

–Mi muchacho —me abrazó. Me besó. Bebimos, me dijo—: Yo quiero que tú estés bien y lo que quiere tu mamá, que estudies, porque cree que con un título te va a ir bien. *Estudia. A lo mejor con los libros te pones abusado*. Sólo una cosa, ¡por vida tuya!, no la vayas a embarazar. Ámala. Sufre, pero no la cagues con un hijo porque entonces no vas a terminar tu carrera. Y ahí sí me encabronaría contigo porque harías sufrir mucho a tu madre. *¡Conste que te lo advierto, güey!*

17

Las aves de mal agüero revoloteaban sobre el universo del Maciosare. Un buen día, muy tempranito, a la puerta de nuestra casa llegó el Taquero, el papá de la Chancla, acompañado de dos policías.

Al principio, mi mamacita santa se espantó a tal grado, que le habló por teléfono a mi papá, en su trabajo, para decirle que los policías y el papá de la Chancla *me llevaban a la comisaría*.

El agente del Ministerio Público, un señor muy propio, de lentes de fondo de botella, ante las miradas agresivas de la familia de la Chancla, me preguntó:

—¿Dónde tienes escondida a *la señorita Chancla Pedroza*?

Yo que me zurraba de miedo, me paralicé, no me salía ni un sonido, luego los doctores dirían que fue pánico escénico; pero el señor Juez en ese momento no lo entendió así, *pensó que era lenón*.

El Taquero, que echaba espuma por la boca, me decía con amor paternal:

—Hijo de la chingada, en dónde tienes a mi hijita. Dilo, porque si no te voy a romper cuanta madre tienes. *Devuélvenos a la niña*.

El Ministerio Público con voz monótona sólo murmuraba:

—Señor, por favor, guarde el orden. Joven, hable, que nada le cuesta.

Mi mamacita, con la enjundia que le caracteriza se metió al argüende e hizo entrar en razón al Eme Pe de que el Maciosare no estaba solo, tenía a su madrecita abnegada.

—Pero no, señor licenciado, con su permiso, qué no está viendo que mi hijo está mudo de miedo. Mire nada más a ese orangután amenazándolo. *¿Dónde está el país de leyes que dijo Don Benito Juárez?*

El Eme Pe de manera curiosa se limpió sus lentes, quería mirarme la barba o algo así, se acercó a mi cara y preguntó:

—A ver, déjame verte. ¿Cuántos años tienes? Mmm, ya te está saliendo la barba, hijo, bueno, *unos cuantos pelos, en honor a Moctezuma*.

—Pues qué no ve que está haciendo su servicio militar —dijo de manera heroica mi mamá y más se engalló cuando vio llegar a mi papá—: Es un chiquillo, señor licenciado. Un menor de edad.

Yo ni pelaba la acción, pensaba: "*¿En dónde andaría la Chancla?*".

—Okey, señora, vamos a ver. Escúchame, mi hijo, nada más quiero que me digas dónde esta la señorita... ¿cómo le dicen...?

Alguien gritó:

—¡*La Chancla...!* —el Juez con sabiduría reflexionó:

—Ay, eso ya lo sé, ¡metiche!, yo quiero..., bueno, dime hijito, ¿es tu amiga o qué?

El Taquero airado gritó:

–*Brincos diera el güey*, de seguro se la llevó a la fuerza, la ha de tener raptada, quiero decir secuestrada, señor juez. *Déle una calentada para que diga dónde la tiene*.

El Juez con ternura me dijo:

–Ándale, hijo, dime... Yo sé lo que es eso del amor, de repente se nos mete la calentura y no pensamos lo que hacemos. ¿En qué hotel la dejaste?

Mi papá como siempre solucionó el conflicto:

–Señor Juez, señor Juez, déme chance —y zas, que me mete tremendo guamazo en la nuca. Sentí sus cinco dedos alborotando mis neuronas. Qué no ven que se paralizó —*y que me mete otro mazapanazo*.

–Ya señor, tampoco, va a dejar a su hijo menso —dijo el Juez.

–Yyyyo no sé... —comencé a decir aletargado, dejando al auditorio, como Cristo los dejó cuando convirtió las piedras en panes. Ddddesde hace días no la veo, de-de-des-de que fue a estudiar a la casa del maestro Vacunin, para los exámenes finales.

El Juez vio al Taquero. El Taquero buscó a su esposa. El Juez me preguntó:

–*¿Y el maestro... Culín... dónde vive, hijo?*

–Vacunin, señor Juez, se llama Vacunin...

–Está bien, hijito, Vaculín, dónde vive.

–En la calle de Jalapa, en la Roma. Pero la Chancla me dijo que de ahí se iba a ir al casamiento de su tía...

–*En la madre...* —exclamó el señor Taquero.

Con la mirada el Juez pidió una explicación al rey del taco.

–Sí se casó mi hermana, pero la Chanclita no quiso ir porque iba a tener exammm... —el papá como iluminado por un rayo, dijo—: Señor Juez, ¿y no, el maestro Vacunin, la estará exammm...? —*el Taquero hizo como un mudo y salió corriendo de la Delegación de policía...*

Bara, bara, baratita, señito, pantaletitas para las chiquillas crecidas.

18

Así fue como la primera vez el amor me abandonó. Pero el hombre es el único animal al que le ven la cara de pendejo más de una vez y siempre quiere ir por el desquite...

El maestro Vacunin, antes de irse de fuga con la Chancla, se portó buena onda, a todo el grupo nos aprobó. Fue así como saqué diez de calificación en lógica. *Tenía apantallado al orientador vocacional.*

Y yo, como me dijo el maestro de matemáticas:

—No te desalientes, Bartolache, en la vida suelen suceder esas cosas, por eso ¡estudia!, para que *ganes un buen billete y tengas buenas viejas.* Con dinero baila el perro.

Ante estos consejos no me olvidé del amor, había algo dentro de mí que me ardía pero no lo daba a demostrar, seguí adelante con el sueño maternal: estudiar.

Los siguientes semestres fueron un bálsamo para mi maltrecha autoestima. Le eché ganas al estudio, pasé el bachillerato con *promedio de siete punto cinco* para inscribirme en la Universidad Nacional Autónoma de México.

Yo creía a ciegas que ahí, en mi Alma Mater, mi raza de bronce hablaría por mi espíritu indómito; aunque fuera asta bandera no se doblaba. Es más, mi jefecita se llenaba la boca con la palabra UNAM. *Ahí habían estudiado casi todos los presidentes del PRI.*

Decidí estudiar sociología aunque tuve mis dudas porque también me atraía psicología, y más, después de sufrir en carne propia *los dolores del alma.*

Supe por los cuates que la Chancla se había ido a Cipolite, Oaxaca, con el maestro. Su papá, don Taco Pedroza pagó a unos policías judiciales para que la trajeran cuando supo que *andaba nadando encuerada en las playas.* Pero...

Durante ese tiempo la Chanclita me mandó cuatro tarjetas postales de las playas de Oaxaca. *Una traía atrás unos versos de amor:*

Esta noche al contemplar las estrellas solitarias,
supe por fin que eres un ser maravilloso.
Te quiero, amor, aunque no lo parezca.

Perdóname, no me olvides, yo volveré por ti.
Cuándo, no lo sé, espérame, te sigo amando.
El único ser que siempre piensa en ti.

La postal no traía ni nombre ni firma del remitente. Sólo un inmenso corazón flechado, *goteando sangre.*

Sentí satisfacción al saber que ella me amaba aunque se hubiera ido con el maestro Vacunin.

Los que no me dejaban ni a sol ni a sombra eran los padres de la Chancla; después de todo el desmadre que me armaron, ahora eran a todo dar conmigo. *Don Taco Pedroza me buscaba, me cultivaba*, pero luego luego mi mamá captó:

—No le recibas nada a ese señor, se me hace que anda buscando esposo para su hija. Tú a lo tuyo, el estudio...

Mi jefe, como siempre, se reía y preguntaba:

—Cómo está eso de que te presta su camioneta para que vayas a la Universidad y quiere que vayas a trabajar a sus taquerías. *¿De cuándo acá le nació tanto amor*, si antes te quería meter a la cárcel? *Te quiere capar, hijo, húyele*.

La cosa era que hasta la suegra me esperaba en la parada del camión y me tenía preparado un itacate de taquitos. Y dígame, ante tanta amabilidad ¿cómo uno puede ser grosero? Yo se los recibía, le daba las gracias pero siguiendo los consejos de mi mamá, *en cuanto veía un bote de la basura los tiraba, no fueran a estar embrujados*.

Una vez, para quedar bien con el maestro de matemáticas, le regalé un itacate de taquitos al pastor, le dije que mi mamá vendía en la calle tacos, le di hasta sus bolsitas de plástico con salsita. Cómo estarían de sabrosos los tacos que el maestro unos días antes del examen, me dijo:

—*Joven Maciosare, usted es un estudiante brillante*, se me hace que va a sacar un nueve de calificación. Yo lo he estado observando y tiene sazón, sabor, y dan ganas de repetir, cómo la ve, cree que sus mamacita se luzca para sacarle brillo a su nueve de calificación...

Créame, *yo veía al maestro todo tilico*, como si fuera papá de niño desnutrido del África, *yo sabía que le pagaban por hora* y a veces hasta nos pedía boletos del Metro; soy lento, pero a veces, las pesco al vuelo. Pensé en que mi suegra no me podría decir que no, ¡y como va!, que le digo al maestro:

—Maestro, *lo invito a cenar taco*, a usted y a su novia...

—No juegues con tu suerte Maciosare, un nueve está bien.

—Oh maestro, es derecha la invitación, les va a dar gusto a mis parientes que vaya a su taquería.

El maestro sonrió.

—*Está bien Maciosare, pero sólo nueve de calificación*.

Los maestros parecían tener el complejo Vacunin: *su novia era otra alumna*.

—¿Qué le parece el sabadito alegre, a las ocho de la noche? Nos vemos en la estación del Metro Garibaldi. Ya de ahí yo lo llevo.

Se me quedó viendo, se rascó la nuca y agregó:

–Okey, me saludas a tu novia... —me vio tan triste, creo, que enseguida agregó—: Te estoy bromeando, Maciosare, *aguante la risa*... Siga estudiando, eres buen estudiante, *das el gatazo de menso pero conociéndote a fondo*, se ve que sí la haces. ¿El sábado?

La bronca fue después con la suegra. ¿Cómo hacerle para que no se me alocara y me viera cara de yerno? Ya el suegro quería que fuera con otros policías en avión *hasta Cipolite para convencer a la Chancla de que yo era el bueno*.

–Déme cinco al pastor...

–Ocho de lengua...

–*Échele más chile*.

–Señor, tres de sesos y dos de machitos y cinco de maciza... y uno de longaniza.

Lo que sea de cada quien tenía fama su taquería.

–Mire señor, si ella me quiere regresará... si no, pues no. A fuerza ni los zapatos entran —yo le dije así al suegro para que no alimentara falsas ilusiones.

–Sí mi hijo, pero la Chancla es una mujer que necesita que le jalen la rienda. ¿Me entiendes? Hay que mostrarse hombrecito —*estos consejos me los daba mi suegra*.

El suegro de reojo manejando las tortillas, me dijo:

–¿Cuál es el milagro de tu visita?

Yo me saqué de onda.

–*Nabor deja en paz a Macs*, no está maleado, es un buen muchacho. ¿A qué vienes, hijo...? Tráiganle un refresco al joven.

–*Quería pedirles un favor, señora...*

–Lo que quieras, hijo...

–No pidas, bien sabes que ésta es tu casa... —remató el suegro— pero ¿sigues estudiando, verdad?

–A eso vengo, es que le convidé de sus tacos a mi maestro de matemáticas y le gustaron un montón y para quedar bien con él, lo invité a cenar a la taquería, pero...

–*¿Te va a pasar año?* —me interrogó el suegro como si estuviera haciendo cuentas.

–*Ya me pasó con nueve*.

–Perfecto, mi hijo, tráelo. Ésta es tu casa, *aquí lo agasajamos*.

Yo nada más vi a los padres cómo me miraban y sentí que querían a un licenciado en la familia. Sólo alcancé a decirles:

–Gracias... —con una cara de pendejo que reflejaba las ilusiones de amar y *de querer ser licenciado en sociología*.

19

    Bien dicen que el tiempo cura las cicatrices. No me lo va a creer pero hasta taquería tenía a la salida del Metro y todo por saber amar...

La familia de la Chancla, lo que sea de cada quien, me apoyaba en todo lo de mis estudios. Con decirle que hasta mi mamacita dio su brazo a torcer; le caían bien los taqueros. Aunque al principio se opuso a que yo tuviera mi propio puesto de tacos de suadero patrocinado por los suegros; *al rato hasta ella preparaba las salsas a puro molcajete.*

Sólo mi jefe, como siempre, guardando distancia; pastoreando a la familia por el buen camino; por donde nos la lleváramos cachetona. (La vida.)

–Ahorra, Maciosare, *no sea que te vayas a rajar con la Chancla y te quiten el puesto.* Yo ya no te puedo dar todo lo que necesitas para la escuela. Están corriendo a los más viejos de la fábrica. Van a cerrar, ya no se venden las televisiones de la Philco, *todo lo compran de fayuca,* pero tú vas por buen camino. A tu hermano también le va bien con sus trácalas y chanchullos.

–Pero no reparte, jefe —le dije airado—; *todo para su santo.*

–Conque no nos venga a pedir y no le dé preocupaciones a tu madre, me doy de santos. Ya ves que va a entrar a la Policía Judicial Federal

Mi jefe quería un chingo a su vieja y vivía para ella, no le había podido dar la vida que él hubiera querido pero la procuraba en todo. No lo quería decir, pero sus planes de *jubilarse en unos años andaban bailando con la más fea.*

Chinga para el viejo, acababa de cumplir cuarenta años.

–Va a estar difícil que consiga otro trabajo. A lo mejor con lo que me den de liquidación pongo un negocio ¡o un taxi!

Me sentía impotente. Él no se sentía así, pero estas cosas lo hacían sentirse viejo en el trabajo. *Yo no lo veía viejo.* Con rebeldía exclamó:

–Esos hijos de su puta madre del FMI le ordenaron al gobierno que nos corrieran de nuestros trabajos. Están quebrando muchas fábricas, otras las cierran y las llevan fuera de la ciudad; las demás se están volviendo comercios, ya traen todos los productos hechos.

Me sonaba el FMI, como que alguna vez lo escuché de niño, pero no me imaginaba las madrizas que nos podían parar a los jodidos.

Una tarde lo vi llorar en la calle. No me dijo por qué. Traía un sobre amarillo en sus manos, *me enseñó un cheque*. Ya ni las peleas de box le gustaban, decía que ahora eran arregladas y que no había tan buenos boxeadores como antes:

–*Un Cassius Clay, un Rubén Olivares, un Carlos Ortiz, un Carlos Monzón, un Mantequilla Nápoles*.

Ahora en lugar de comerse sus tortas con jamón, venía a tristear al puesto de tacos. Le gustaba cobrar y escuchar en la radio "El Fonógrafo del Recuerdo". Programaban boleros con cantantes como Julio Jaramillo, Virginia López, Javier Solís, Pedro Infante y los de la Sonora Santanera, luego se ponía moderno y escuchaba "Los grandes años del Rock and Roll": *Cesar Costa, Enrique Guzmán, Angélica María, Alberto Vázquez, era cuando sonreía con su vieja. Pero su modo silencioso se volvió mayor*.

A veces, de repente, se aparecía el Arqueólogo como siempre, muy echador, que yo soy aquel, que fue y que vino y puro gua gua gua y nada de efectivo. Se veía que le iba bien. *Pum, pas, papas porque llegaba muy alhajado*, muy perfumado, muy vestido para apantallar, en autos apantalladores. Se comía unos veinte tacos y bebía tres coca colas. Y el ojeis no pagaba. Mi mamá le daba la bendición, él se arrodillaba y le besaba la mano, ella se quedaba contenta, exclamando:

–*Ay este condenado no va a cambiar nunca*. Lo bueno que es policía.

El padre hacía cuentas:

–*Pues por esa visita no entraron a la caja cien pesos*.

A las diez de la noche cerrábamos el changarro, barríamos la calle y nos íbamos a la casa, para ponerme a estudiar.

Fue por esos días cuando se apareció, como un ciclón en el golfo de México, bañada por la luz de la boca de la estación del Metro, ¡la Chancla!, vestida de negro, a la punk, mascando semejante chiclote; mitad Sex Pistols, mitad Cindi Lauper. *Toda ella era una mascada... de chicle*.

20

Los destellos del amor, esta vez, ni cosquillas me hicieron. Al correr la vida uno se va haciendo duro como un bolillo de tres días. Mi corazón era una roca. Y mi vida un libro abierto, que se estaba escribiendo.

Al ver salir del Metro a la Chancla, mi mamacita pálida como una tortilla nixtamalera se persignó como si hubiera visto al quinto jinete de la Apocalipsis:

–*En el nombre del padre, del hijo y del espíritu santo...* ¡Pero muchacha qué andas haciendo así a esta hora...! ¿Quién te espantó?

Y no era para menos, *con unos pelos así de parados*, crestas de pájaro loco, tijereteadas, mantecosas, de color zanahoria; iba vestida con ropa de piel negra, entallada; estoperoles en las costuras. Su figura chaparrita y nalgona *se imponía a la noche como una sensual escultura zapoteca punk*.

No cabía duda, la Chancla mantenía su personalidad; *estaba bien buena, como un mango petacón en el mes de julio*.

Se le veía a lo lejos, sin ser psicólogo, que estaba pacheca, drogada, japiberditudey, engargolada; no estaba muda, ni le habían comido la legua los ratones, ¡*andaba ida!*, sus labios carnosos eran lechosos como un queso añejo y sus piernas las tenía engarrotadas como astronauta en la luna. Dijo desde su inmediatez:

–¿No me dan un chubi...? —era una plegaria llegada desde las playas de Cipolite Oaxaca.

–¿Tienes sed, hija? —le preguntó mi jefecita y volteó a verme como si yo supiera qué era un chubi—: *¿Qué refresco es ése, hijo?*

–*No, no creo que sea un refresco* —contestó mi padre con mucha seriedad y ojo clínico, revisando las actitudes de la Chancla. Determinó: "Está pacheca". Por amor a su hijo aguantó la neta con caballerosidad.

–Ha de ser otra cosa... Vieja, dame una coca cola y las aspirinas que están en mi chamarra —el jefe cargó a la Chancla para ayudarla a bajar los escalones de la entrada del Metro.

–Siéntante... —mi padre me miró y movió la cabeza, como diciéndome con los ojos: "*¡Aguas, cabrón, no te vayas a embarcar!*".

Mi mamá le dio la coca y las aspirinas. Mi jefe tomó dos. Destapó con los dientes la coca. Puso dos pastillitas en la lengua de la Chancla y agarrándole el hocico le empinó la coca cola.

–*Métete esto, niña*, no tenemos un chubi. Pero con esto te vas a sentir mejor.

El padre me interrogó desconfiado:

–*¿Cuándo llegó a su casa?*

–Nooo, no ha llegado desde que se fue con el maestro Vacunin.

–¿Desde hace tres años?

–Sí... apenas se apareció.

Yo la miraba y no lo creía, *mi corazón ya no latía como chiva loca por la Chancla*. Esta chava no era la que conocí al entrar al Ce Ce Ache, ahora me parecía *una bota punk*. Y era una bota muy andada, con tacón desgastado.

A la Chancla, la lengua simplemente no le obedecía y la boca se le torcía. Se tragó las aspirinas y se sopló la coca. Se quedó en los brazos de mi mamita como un angelito barroco puscuanmoderno meciéndose en el árbol de la vida, de ésos de Metepec.

Mi papá le hizo la parada a un taxi y le dijo a mi mamá:

—Vamos a entregar a esta niña con su papá, no se vayan a agarrar al Maciosare solito, y para qué te cuento... *ahí mismo nos lo capan*, perdón, hijito, te casan.

Mi mamá, se volvió a persignar. Su rebozo de lana de Chiconcoac la cubría hasta la boca.

—Ave María sin pecado concebida —de prisa ayudó a la Chancla para subir al taxi. Tienes razón, viejo, vamos todos juntos, no lo vayan a embarcar.

La Chancla como no queriendo, se abrazó con su humilde servidor, quiero decir que reculó hacia mi corazón. Pero yo pensaba: "Ni cenizas quedan del incendio de Roma".

Unos días después se vino la bronca.

Más sabe el viejo por vivido que por atrabancado. Tenía razón mi jefecito. El suegro, don Taco, llegó como desesperado al otro día al puesto, estacionó su Gran Marquís cuan largo y ancho era enfrente de mi vista, bajó haciendo sonar sus cadenas de oro, y como si fuera un Mexican curios, me dijo:

—Qué pasóóó, jovenazo, ¿cómo va el negocio? ¿Verdad que deja sus buenos pesos? *Usted hágame caso y lo voy a hacer rico*.

Yo lo miraba y lo miraba para ver por dónde traía escondida a la Chancla, pero el suegro muy hábil, me hizo ver lo buena gente que había sido conmigo; cómo había ayudado a mi familia; cómo esperaba que yo terminara mis estudios para ser mejor hombre, *y como no queriendo la cosa me deslizó sus anhelos*.

—Cómo ve, joven Macs, ya llegó la Chancla. Llegó desmejoradita, pero se va a reponer... Necesita un hombre que la cuide... *y la familia, o sea yo y su mamá, le vamos a echar la mano a ese hombre* —y a cada afirmación alzaba su mano y movía su muñeca para que sonaran sus cadenas de oro frente a mis ojos. Ya ve, usted nada más fue su novio; y yo le presté uno de mis puestos. Y que conste que no le cobro renta. Y no se lo estoy cantando, ahora se imagina con mi yerno cómo me luciría ayudándolo.

El suegro trataba de ser discreto y no ofender, quería portarse decente con su candidato a gobernador.

—Pero cambiemos de tema mejor, mi Macs. Vengo contento, acabo de realizar una transa. Le compré a un maestro del SENTE un departamento de los que da el gobierno. Lo agarré bien ahorcado. *Es un condominio como para recién casado*, se lo pagué al chas, chas, peso sobre peso y chacachaca para la Chancla... Está en Culhuacán, es de los del FOVISSTTE. Está en una zona pues más o menos... *¡Eso sí, menos pinche que el Centro Histórico de la ciudad!*

Mis piernas temblaban, dentro de mí me decía: "Chin, tan a toda madre que estábamos con el changarro. Y mi jefe bailando sin chamba".

Me faltaban dos años para salir de la Universidad y *el güey de mi suegro me tenía bien apergollado del gañote.*

Ahí, al verlo ese día, sentí que debería de maliciar, pensé, si le digo que no, va a querer que le regrese el changarrito de tacos. *Entonces no le dije ni sí ni no.* Pero él, viejo lobo de las finanzas existenciales, siguió empujando con toda conciencia:

—Mire, Maciosare, usted dedíquese sólo a estudiar para que termine rápido su carrera. Yo, mientras, mando a un empleado a que atiendan el puesto. Se lo voy a decir derecho. Mire, Macs, yo sé porque todo mundo lo dice que siempre ha estado enamorado de la Chancla. Eso para mí como padre pues tiene un gran valor, porque se ve que es un joven con futuro, y *la niña no es mala, la ha regado*, eso sí, pero afortunadamente no se ha embarcado, *ni embarazos ni legrados*. Ayúdeme y yo lo ayudo. ¡Cásense!

Tan tan tan taaaan. Así, *a la sin susto*, me quería dar la mano de la Chancla. Yo era su esperanza. Su peor es, a quien había estado cultivando para ensartarme en una boda. Y *yo miraba el embarcadero como un corazón de las tinieblas.*

Uno de joven, a veces es muy pendejo, pero muchas veces, o la mayoría, Dios nos ayuda. Y creo que eso me sucedió *porque pendejo, pendejo, pero no me apendejé.*

—Sí señor, yo lo sé, y usted sabe que yo por la Chancla me la siento de todo corazón. Pero para que le hago al cuento. *¡Ella no me quiere!*

—Cómo no, joven, sí lo quiere, ¡por la señal de la santa cruz!, nada más que de repente no sabe lo que quiere. Pero *si usted se pone cabrón con ella*, la va a tener aquí, *pegadita a usted*. Usted con todo respeto la ha regado. Yo no sé si se da cuenta, pero la Chancla lo agarra de barco por quererla. Muérdase un güevo y póngale *un hasta aquí*. Cásese y la familia lo ayuda *para hacer de la Chancla una buena ama de casa*.

—Puede que tenga razón, señor, pero yo no soy de los que creen que *hay que madrear para querer* —me salió desde adentrito de mi corazón el *charme ceceachero*.

—No, ni lo mande Dios, no lo tome tan a pecho, hijo, yo no quiero decir eso. Sólo le estoy aconsejando cómo mantener el control con la Chancla, es berrinchuda pero con unas nalgadas se está quieta. No digo que me la madree. Nada más dígale qui'hubole, *mi Reina, aquí manda el hombre. ¡Y zas!*

—Eso es precisamente lo que no quiero, don, yo siempre pensé en que ella debería de quererme porque yo la amo. Y si no es, pues para qué le hago al tío Lolo.

—Ahí está tu cagada, güey. Ya te estás haciendo fuera de la bacinica. ¿Cómo?, mi buen Macs, vea al maestro Vacunín, ¿cómo le lavó el cerebro a mi chavita? Muy fácil, le hizo creer que era ella la que decidía y ya ensartada él tomó las riendas. Así son las mujeres, *les gusta creerse amadas pero mandadas*. No sea romanticón.

Ahí fue donde me dio en mi mero mole porque aunque no me gustaban los tríos sí que me encantaba la música de Pablo Milanés: "Chancla, te amo, te amo, Chaaancla...". Puro amor revolucionario. Puros poemas de Mario Benedetti. Por eso *no quería ser un macho más*.

Como dijo mi maestro de literatura: "El Romanticismo, emergió con la modernidad y junto con la modernidad se estaba acabando". La cosa yo la veía de la rechingada; qué pasaba con los millones de cabrones que crecieron educados en el nacionalismo, amando el folklore, a lo héroes, los sueños de amor, como mis padres. Ahí encontrarán las explicaciones a la respuesta que le di a mi suegro:

—Sí, pero yo no. *Yo la verdad, don, le saco a la Chancla*. Y si quiere ahorita le entrego el changarro que me dio. Lo que es al César al César y al Taquero lo de sus tacos.

El suegro se encabronó. Me miró. Pero más que una mirada era una mentada de madre.

—*No seas más pendejo de lo que eres*. Tú aguanta la risa. Y te va a ir bien, cabrón, yo te ayudo. Cásate, tienes la papita, doradita y a crujir que el mundo es de los cabrones.

¡Ah qué cosas son éstas las del amor!

En el fondo, la neta, yo seguía queriendo a la Chancla. Es eso de que uno no sabe muy bien por qué; pero ahí está uno diciéndose:

no, no la quiero, ya mi corazoncito no siente. *Pero el pájaro sigue trinando nada más de verla.*

¡Ésa fue mi regazón!

–Piénsalo, hijo, no te precipites, vengo mañana para hablar con tus padres. *Háblale a la Chancla*, preguntó por ti.

Me dio una tarjeta: "Tacos El Uyuyuy", atención personal de su propietario. Subió a su auto.

Yo me quedé con la tarjeta en las manos. La verdad, sí tenía ganas de platicar con ella, para qué me hago güey, pero no me quería casar.

Pantaletitas para las mujeres anchitas, señito, para mejorar el bizcochito. Baratitas, muy baratitas.

21

¿Qué será? ¿Que uno no tiene voluntad o el amor nos apendeja? ¿O será que los espíritus débiles son los que se enamoran y los gandallas pasan por el amor como los motociclistas por la esquinas, aunque de repente también se dan sus ranazos?

Puras preguntas me hacía viajando en el Metro. Y era un trecho largo, de la Universidad a la taquería o de la casa a la Universidad. Es más, los cuates se habían dado cuenta que *había adquirido la sana costumbre de hablar solo:*

–¡Hoy andas más pendejo que otros días!

Me sentía como mi mexiquito: todos lo pendejeaban. Como los héroes de nuestra historia patria: ¡Perdedores!

Tal vez, por eso, mi mamacita intuía que yo tenía que ponerme bajo la advocación de un ganador: el indio zapoteca, Don Benito Juárez, *¡que sí la hizo!, de pastorcito a presidente de la República.* Y a lo mejor ese espíritu indómito, *"el misticismo del carruaje", hacía que no me doblara a las primeras de cambio y siempre fuera por la revancha.*

La Chancla, a su manera, era bonita. Le hablé por teléfono. ¿Qué quiere que le diga? ¿Que ella me buscó? No, no es cierto. *Yo era el que andaba de nalgas.*

Fuimos a bailar al California Dancing Club. Se puso guapa con las entradas al salón de baile, ¡como marcaba la tradición entre ella y yo! *Era viernes y tocaban Los Ángeles Negros*, aquello estaba a reventar.

Desde la salida del Metro me tomó con tibia y sudada mano. Iba con un vestido rosa fosforescente, entallado. Más como una neo-romántica que como una puscuanmoderna. Yo iba con un saco de los que venden en las tiendas del Eje Central, color azul cielo, muy santanero, de los de al dos por uno y una camisa rojita, corbata amarilla, *nada más para contrastar.* Cuando entramos al salón, ella respiró profundo y yo me sentí ad hoc.

–Ah, ya me hacía falta esto —exclamó la Chancla aclimatándose al ambiente.

–Estaba hasta la madre de *tanta naturaleza y tanta mamonería intelectual* del Vacu. Fue un buen cotorreo, no hay bronca; pero está zafado. ¿Tú crees?, primero éramos hare krishna y luego cristianos. Ahí me cagó, *se la pasa todo el santo día leyendo la Biblia: Mateo: 2: 14.* Me gustaba más de revolucionario.

Yo no preguntaba, veía a las nenas del salón bailar cumbias de a brinquito:

–Estoy acá, mírame... —así era ella, hable y hable queriendo capturar toda la atención, si uno le preguntaba algo no contestaba, ella solita agarraba su carrete y comenzaba a soltar el hilo.

–*Dos años me aventé por la playa.*

–Tres —le dije.

Se me quedó viendo y con ojos cabrones remató:

–Quién va a saber más yo que los viví o tú.

–Yo que los conté. Uno a uno —me miró asombrada, medio sonrió, se junto a mi cuerpo, me abrazó con un chingo de ternura y comenzó a bailar aquella canción de Los Ángeles Negros:

Y volveré como una ave que retorna a su nidar,
 verás que pronto volveré y me quedaré con esa paz
que siempre, siempre tú me das...
Y volveré...

La bailamos de a cachetito, acurrucados por las otras parejas que también se la sentían.

Fue una canción y otra y otra hasta *que terminamos bailando muy discretos de a cartoncito de cerveza.* Mis manos ya no la alcanzaban como en otras épocas; sus nalgas se habían expandido durante estos años.

Parecíamos dos llaveritos meciéndonos en un columpio querendón.

Ella también comenzó a reconocerme entre risitas y besos.

Para que no se me caliente le digo que terminamos en un hotel de la calzada de Tlalpan.

Eran las cinco de la mañana yo no me podía dormir. Miraba *a la Chancla roncar*, y yo con una angustia. ¡Ya me embarqué por calenturiento! No me voy a quitar a su jefe ni aunque le regrese dos puestos de tacos.

No fui a la Universidad a un curso en el CUC sobre el neorrealismo italiano en el cine. *Como a las diez de la mañana se despertó* la Chancla. Me sonrió. Corrió al baño. Oí correr el agua del W.C. y luego el de la regadera... Pensaba: "No me conviene casarme ahorita, lo mejor será hasta que me reciba". ¡Mi corazoncito era un tizoncito; sólo que la Chanclita estaba más cabrona que nalgona!

–*Apúrale, que quedé de ir a la Villa de Guadalupe con mis papás.*

Se vistió en chinga.

Cuando bajamos a la calle de Tlalpan paró un taxi y se subió.

–Tú vete en Metro —me dijo antes de cerrar la portezuela del taxi, asomó su carita por la ventanilla y agregó—: *No le hagas caso a mi papá de que nos casemos.* Yo ya le dije que no —el taxi avanzó.

Miré a la estación del Metro y se me hizo una lejanía. ¡No cabía duda, no se me quitaba lo reverendo pendejo!

Bara, bara, mujercitas, ya llegó su Juan Camaney de las pantaletas baratitas.

22

La vida es así; da y quita. No pude seguir los consejos del gran José Alfredo Jiménez: te vas porque yo/ quiero que te vayas/ a la hora que yo/ quiera te detengo... La Chanclita me volvió a botar por un tubo.

Cuando se enteraron los papás de que no iba haber casamiento, se enojaron y ardidos fueron al puesto de tacos y agarraron a mi jefecita sola en el changarro. Dicen que la sacaron a empujones y que el mantecoso Taquero aventó el radio Philco de mi jefecito a la banqueta.

–*Cómprese mejores chingaderas, de perdida un it's a Sonny.*

Yo quería ir con el Arqueólogo y decirle que fuéramos a ponerle en su madre al taquero, por gandalla, pero mi jefe no quiso. Me dijo:

–Vamos a darle donde le va a doler, ponemos un changarro de tacos enfrente del de él —me lo dijo sonriendo. Y yo le contesté sonriendo que ya se me hacía tarde para ponerlo.

Mi jefa tenía parte de los ahorros de la liquidación de mi jefecito.

Ésos fueron buenos días para mi jefe. Volvía a vivir con ilusiones, era como cuando yo era niño y él llegaba los sábados, día de pago, por nosotros *para ir a comprar nuestra despensa a la tienda de la CONASUPO.*

Le metió duro a levantar la taquería, construyó con un carpintero —cuate de él— un armazón de puesto distinto a los de fierro, que se usaban; el nuestro era más estético, tenía empotradas dos estufas de gas y decidimos vender tacos de suadero, de longaniza y nopales asados, *con la especialidad de mi jefa: ¡las salsas! Bien picantes.*

Nuestro antiguo puesto, digo, el del suegro, ahora era atendido por mi maestro de matemáticas. *¿Pasa a creer?*, me aguantaba la muina pero la bilis me chorreaba por los ojos, *ahí estaba el güey*, muy girito, muy alegre, muy luchón, decía que le iba mejor vendiendo tacos que dando clases de matemáticas.

–Tacos de buche, de nana y de ojito, marchantito. *Aquí están sus tacos "El Matemático".*

Pero eso no fue todo. Estábamos discutiendo, mi jefa, mi jefe y yo, qué nombre ponerle a la taquería; había llegado el momento de inaugurarla, cuando llegó el líder de los comerciantes ambulantes junto con el inspector de vía pública de la Delegación Cuauhtémoc.

Estos sujetos querían su mordida. Y no se conformaban con poquito dinero, ¡no, qué va!

–Cáiganle —dijo el líder moviendo la cabecita de monito cilindrero. Mi mamá imploró al instante a la Virgen del Sagrado Corazón de Jesús.

Pedía un chingo, un salario mínimo, era de no creer para una familia jodida, como la de mi jefecito, un hombre que toda su vida ganó un poco más del salario mínimo y siempre le chingó todo el santo día; entonces mi mamá se puso pálida como la grasa de la res cuando se derrite, sudaba. *Mi jefe trató de masticar el camote que se le atravesaba en el hocico y negociar:*

–Bájale, vamos a empezar, no nos negamos pero póngase en nuestra situación.

–¡Son muchas broncas otro puesto más!, hay que salpicar a los de arriba. *Rásquenle para ver si nos arreglamos* —argumentaba el inspector con la complicidad del líder. Mi jefe siempre ha sido despacito pero seguro. Y como los buenos les contestó:

–Si están viendo que *salimos a la calle para trabajar por jodidos*, ¿cómo comprenden que ahorita vamos a tener de dónde rascarle? ¡No lo tenemos!, pero, si ustedes nos dan chance, poco a poco, nos ponemos a mano, ¡no nos regalen nada!, dennos chance de trabajar y cómo no, le entramos, pero despacio, sin avorazarse.

–Qué pasó, mi Don, nosotros lo hacemos para parar broncas. Porque entendemos la situación del país. *Por ayudar al jodido.* Mire, en un mes me paga la inscripción a la *Asociación de Changarros Ambulantes* y aquí al jefe, cada tardecita, de la venta le da un entre —dijo el líder.

Respiró mi mamá con gusto, hasta comenzó, de nuevo, a preocuparse por el nombre de la taquería.

–¡Tacos Sabrosos! ¿No les gusta el nombre? —preguntaba desconsolada.

–*Taquería: ¡El Buche!* —sentenció un jefe muy inspirado.

Mi mamá le dio un beso.

–*¡Está fífiris nais!*

–No te preocupes, al que le chinga Dios lo ayuda —me sorprendió mi jefe viendo el puesto del Matemático; tenía mucho éxito. *Me jaló una oreja.*

Después de la bronca con el inspector de vía pública y la aprobación del líder hubo otra bronca más catastrófica:

¡La pinche taquería no prendió ni madres! Dos, tres, cuatro, seis meses y ni madres, no prendió. ¡A nadie le gustaban nuestros tacos, ni nuestras salsas! ¡Fuimos derechito a la bancarrota! *¡Cerramos la taquería El Buche por falta de tragones!*

Era de lágrima vernos en nuestro puesto espantando las moscas; mi jefecita agarró una práctica con el periódico enrollado que hubiera servido como modelo para alguna marca de insecticida. Lo que calentaba eran las burlas solidarias del líder de la Asociación de Changarros Ambulantes.

–No que muy salsas con sus salsas, ja, ja. Ustedes no nacieron para el comercio callejero —se reía y como buen globalofílico quería hacer negocio con nuestra bancarrota. *Si vender tacos no es hacer enchiladas.* Ya no pierdan más dinero. *Traspásenme el puesto.*

Mi padre miró al líder con la frialdad del razonamiento:

–¡Ni madres! Si al don Taco le dábamos a ganar, por qué no podremos hacerla solos en el comercio. Ni madres, aquí nos aferramos.

El líder se alejó silbando y contando su dinero del entre.

No cabía duda, al no doblarnos ante la adversidad nos superábamos. En ese instante nuestra máxima motivación existencial era tener un changarro a todas margaritas. Fue cuando tuve una idea genial. Era como si me hubiera llegado el aroma de las rosas del Tepeyac:

–¡Mejor, vamos a cambiar de giro comercial, jefe!

Mi jefecito le tenía pavor al cambio, su cara se contrajo como si hubiera dicho *reconversión industrial.* Calló. Yo creo que ya tenía pensado trabajar de taxista.

–Dios aprieta pero no ahorca. Vamos a pensarlo bien —terció mi mamá.

Un santo día, al pasar en el Metro por la calle de Tlalpan observé una fábrica de ropa íntima; me llamó la atención la cantidad de mujeres que andaban ahí. Por instinto bajé del convoy y salí de la estación.

Bellezas, verdaderamente bellas, hacían cola frente a la bodega de una fábrica de ropa íntima. Estaba vendiendo sus saldos de pantaletas.

Observador que soy, *sentí el sabor de la cola.* La cola de mujeres era sabrosa y era porque todas las presentes tenía una característica en común: estaban muy nalgonas o de cadera ancha.

Me dije: "¡Ahí está el pan, Bill Gates! ¡Pantaletas a montones para las mujeres petaconas! *Windows Lovables*".

¡Ése era el nuevo giro para el puesto de tacos El Buche!

Fui al INEGI. Revisé el censo demográfico del país. Mi gozo fue inmenso; más de la mitad de la población ¡eran mujeres!

Hice una muestra femenina con las usuarias pellizcadas del Metro. Realicé cálculos con base en la información obtenida, observé formas de conducta femenina y modos de consumo de las clases trabajadoras. Llegué a la conclusión: *Las mujeres gastan mucho dinero en pantaletas* y principalmente las mujeres que eran de la talla 42 en adelante.

Rondé la fábrica con un espíritu de libre empresa, indagué precios, materiales, modos de liquidación y posibles líneas de crédito, platiqué con judíos, con árabes, y uno que otro descendiente de chichimeca, todos ellos dominaban la producción de pantaletas en sus talleres del Centro Histórico de la ciudad.

Cuando tuve la certeza del potencial mercado corrí con mis jefecitos. Convencí. Y decidí.

–*Voy a vender pantaletas.* ¡Los tacos son para los matemáticos! ¡Las pantaletas para los sociólogos!

Mi mamá pegó el grito en el cielo, casi se hincaba:

–Les va a dar pena comprar en la calle; que todo mundo se entere qué pantaletas traen puestas, por Dios, hijo de mi vida. Vamos a tronar como ejotes.

Pero mi jefe, siempre mi padre, con mano suave, dijo:

–No, mujer, fíjate que no está tan pendejo el muchacho, puede pegar el negocio, *tiene su lógica sociológica*. Las mujeres de hoy no son como tú. Son más descaradas. No habla a lo loco, *lo hace con fundamentos universitarios*. ¿Qué no te das cuenta? Está aplicando conocimientos de la Universidad; la verdad, ahí parece que *lo están desapendejando*.

Mi mamá con resignada fatalidad exclamó:

–¡Que se haga lo que Dios quiera! *¡Viviremos de las pantaletas!*

Así, con la bendición de mi jefecita, la fe del jefe y mis conocimientos universitarios, comencé a la entrada de la estación del Metro a vender saldos de pantaletas para los traseros voluminosos. Cierto, era un negocio elitista pero productivo.

Bara, bara, güerita, pantaletitas bonitas, bien baratitas.

23

Lo cierto era que Mexiquito lindo y querido estaba bien jodido pero con harta necesidad de pantaletas. Las mujeres del país las compraban por montones. Había miles en busca de la talla 40, como si estuvieran sedientas de amor.

La Chancla, a sus veintiún años de edad, andaba rondando la talla 40.

Por cierto, me invitó a cenar.

Y yo no me hice del rogar.

A sugerencia de ella, quedamos de vernos en la plaza Garibaldi, en *La Casa del Mariachi*.

La dueña del lugar, doña Magda, madrina de la Chancla, decían había sido la vieja del Macho Prieto, un viejo califa o padrote. De él había oído platicar a mi padre; alguna vez me lo señaló, el señor ese estaba loquito, mi padre siempre le daba unas monedas, y se agarraba a contarme del Macho y sus mujeres. Y dizque la verdadera leyenda de *"La noche de san Valentín del año 73"*. Era un alucine para los adolescentes.

Doña Magda era una mujer mágica para mí. Puta retirada y empresaria activa.

Supuse que la Chancla lo hizo con doble intención. Tranquilizar a su familia, de que no fueran a pensar que se quería escapar. Y *quedar bien con su madrina la Magda*.

Las casas que rodean la plaza Garibaldi están pintadas de blanco y sus ventanas tienen rejas. *La Casa del Mariachi* está al fondo cobijada por unos arcos.

Ahí, se encontraba ya la Chancla, con su look punk, estaba con un tipo igual de estoperoleado, sólo que éste traía el pelo azul algodonoso. Manejaba una moto. Ella estaba recargando sus nalgotas en el motociclista; muy queriéndose comer el mundo a puños.

Me saqué de onda, pero *aguante el plátano en el hocico*.

–Hola. (Pensé: Te hace la cola.) ¿Ya llegaste? —pinche pregunta tan pendeja que le hice, hasta la fecha ella se burla de ello. La Chancla me dijo:

–No, acabamos de llegar —me contestó para sacarme del aprieto, iba en buena onda— *Franki, él es el Maciosare*.

–Mucho gusto.

Estreché la mano mantecosa de Franki.

–*Quepsó carnal* —alcancé a entenderle.

La Chancla me agarró del brazo y me llevó aparte, con cortesía.

–Le dije a mi papá que iba salir contigo. Perdóname. Aguanta la bronca ¿no Macs? —le voy a ser sincero, yo no sabía si lo hacía a propósito o me agarraba de su puerquito. ¡Me voy a ir de fuga con Franki! Te lo digo por si te bronquea mi papá. No me mires así, Maciosare. Te quiero mucho —me acarició la mejilla, me dio un beso muy tierno, de ésos que me rompían cuanta madre tenía y me dejaban lisito, lisito, *para lo que ella quisiera*.

Se subió a la moto del Franki.

Durante otro buen tiempo no la volvería a ver.

Doña Magda, que ya andaría arañando los cincuenta años, era muy atractiva, *muy bien forrada, con un motor de ocho cilindros,* volado en forma de repisa; desde la puerta de su negocio me hizo señas de que me esperaba.

Como no queriendo fui con ella.

–Ya se volvió a largar mi ahijada, ¿verdad?

–Sí —le dije adolorido. Me tomó de la mano y me dijo:

–Pásale, muchacho, tómate algo...

Esa noche fue mi primer gran pedo.

Quién sabe que me daría de tomar doña Magda. No supe de mí. Su cuarto estaba arriba de La Casa del Mariachi; *cuando des-*

perté estaba bien empiernado con la Magda. La que había sido vieja del Macho. Se imagina cómo me sentía.

Como a las siete de la mañana, sonó el timbre. Eran mis padres. Doña Magda bajó a recibirlos. Yo me vestía.

Cuando bajé estaban desayunando carne asada y chilaquiles muy picosos y bebiendo cervezas. Platicaban de mí.

Todavía alcancé chilaquiles y una cerveza, mis jefes y la doña platicaban como grandes cuates. *A la Chancla la habían destazado en pedacitos.*

—Allá ella y su mala cabeza. Su hijo es un buen chamaco, pero ¿no creen que le hace falta vivir más? Por eso lo agarra de barco la Chancla. Es mi ahijada, pero eso no obsta para reconocer que *es una chica nalgasuelta.*

Cuando me senté a la mesa, la doña me hizo un huequito a su lado, con su gruesa mano me agarró la pierna.

—Y manden a la chingada a mi compadre. Toda su bronca la quiere solucionar casando a su hija. ¡No mi hijo! —se volteó a decirme—, tú no eches a perder tu futuro con esa escuincla, no es para ti, tú estudia, aguántate, *cuando tengas tu título, así, mira, así de muchachas van a querer contigo.*

Cuando me hablaban así ya me andaba por presentar mi examen profesional.

Al despedirme de doña Magda, me dijo:

—Ven a visitarme más seguido, Maciosare. Para que me digas cómo va lo de las pantaletas.

Mi padre se portó muy amable con doña Magda.

—Gracias doña, tiene razón; el escuincle está muy verde. Pero aprende rápido. *No es pendejo, se hace.* Lo de vender pantaletas se le ocurrió a él.

—Sí... pero... primero es lo primero, el estudio —muy apurada, con sus manos entrelazadas, remarcaba mi madre el máximo objetivo de su existencia.

—Tiene razón señora. ¡El estudio! Pero déjelo que se distraiga un poco. *Tanto estudio amensa.* Que conozca el mundo para que no lo agarren de barco camaronero. No vaya a querer, a las primeras de cambio, *torta de queso de puerco sin conocer el jamón de pierna* —la doña sonrió bien cachonda, creo que hasta a mi padre se le calentaron las gónadas.

Ya íbamos saliendo de la plaza Garibaldi, cuando nos cayó el chahuistle huitlacochero.

Sobre el Eje Central se estacionaba el Gran Marquís de mis suegros. Bajaron del coche los dos gordos hinchados de prepotencia e histeria. No la veían llegar con la Chancla. ¡Pobrecitos!, los traía en chinga la nalgoncita.

Mi padre, lince urbano, les midió la distancia.

Jadeando el suegro se me enfrentó, haciéndole segunda su esposa, como una guacamaya de mil llamativos colores. Mis padres no existían para los gordos.

–¿*Dónde dejaste a la Chancla?* ¡Ahora sí cabrón, tú te la llevaste y te vas a casar! ¡Te cinché!

–¡Te vas casar! ¡Y por las tres leyes! ¡La civil! ¡La de la iglesia! ¡Y por mis güevos!, mi hijito —*cantaba como guacamaya la suegra*. Te chingas con la Chancla o te metemos a la cárcel —su rostro era una mueca de muégano con orégano.

Mi jefe como siempre, relax, expandiendo su presencia, dándoles chance de que desalojaran su histeria. Caminó para protegerme de los manotazos del suegro y de la saliva salpicada de la suegra. Con seriedad papal interrogó al suegro.

–¿*Ya acabó?* Ustedes díganme para bajarles el stress contra mi hijo —al ver que los suegros se quedaban con la boca abierta, como si les hubieran dicho, engarrótense a'i, siguió. Uno, mi hijo no se casa con la Chancla porque la Chancla se largó anoche con su novio, el este...

–Franki... —le dije, ante el pataleo de los suegros.

–¿*Se fue con el marihuano?* —exclamó mi suegra derritiendo su enjundia.

Los suegros salpicando la gordura fueron hacia La Casa del Mariachi. Pero el suegro no se quedó con las ganas, de pasadita me dijo indignado:

–¡*Cada vez que te veo, te veo más pendejo, muchacho!*

Mi madre ardiendo en amor por su vástago no dejó pasar la ocasión:

–Óigame, no, no me lo ofenda, más bien su hija es muy puta.

La suegra se regresó queriendo agarrar por los cabellos a mi jefecita santa.

–Será muy puta pero muy rica para *comprarse un marido muertodehambre* —le gritaba a mi madre.

–Pero no a mi hijo —mi mamá era una mujer que no se daba tregua para defender lo suyo.

El Taquero echando los bofes sociales contuvo los kilos de su gorda:

—Ya mujer, déjalos, de jodidos no van a pasar. *Pinches vende-dores de calzonzotes para viejas. ¡Ja ja ja...!*

Mi padre encendido pero muy caballeroso se atrevió a darles un consejo:

—No la armen de tos. No estén ardidos. Piensen en esa niña. No es cierto que sea una puta. ¡Pero sí está loquita! Llévenla a que la trate un psiquiatra.

El punto final lo puso el Taquero, dijo cortante:

—*¡Chinguen a su madre los tres pulgosos!*

Mi jefecita me abrazó, mi viejo abrazó a su vieja, y yo me sentí querido. Después de todo no era tan ingrata la vida.

Bara, bara, muñecas, pantaletas a la media, bara, bara.

24

Bara, bara, güerita, pantaletitas baratitas para las mujeres bonitas. Era mi grito de guerra comercial. Había descubierto mi vo-cación: micro empresario en las estaciones del Metro.

Las mujeres por fin me adoraban a montones. El amor, pensaba, me iba a sonreír algún día. Yo les daba lo que ellas necesitaban: ¡Como-didad al andar!

El negocio prendió como bolsa de país tercermundista, los ca-pitales me tentaban, pero mi liberalismo juariano me impedía acep-tarlos; yo quería ser independiente.

Mi suegro cuando vio la buena se quiso apuntar pero mi jefe preservó la soberanía familiar. Me aconsejó de la manera más cortés, como el último romántico:

—*¡Mááándalo a chingar a su madre!*, así como él nos hizo en Ga-ribaldi.

Lord Byron, Schiller, Garibaldi, Rousseau de haber sabido de la existencia de mi jefecito, el papá de Macs, les hubiera servido de ins-piración.

Yo había heredado su romanticismo. O lo que es lo mismo: ya encarrerado el ratón, que chingue a su madre el gato.

El que sonaba como campanita de Navidad era el inspector de vía pública, *andaba feliz como un infeliz cuando se saca la lote-ría*.

¡Puntual pasaba por su ten per cent!, su mochada, su mordida, su pellizcada, su entre. El aceite que engrasa para no desbielar a la maquinaria burocrática.

La calle de la estación del Metro se estaba volviendo el Wall Street de los jodidos; era los puertos de Sidón y Tiro de los descendientes de Cuauhtémoc. Y yo me sentía *imbuido por el espíritu del Coloso de Rodas.*

El comercio en esta estación del Metro me sonreía, hasta el Matemático me compraba pantaletas para su novia.

–Órale, carnalito, que estén acá, muy sexys, talla 40.

Por la parte de atrás del puesto de tacos del Matemático metían unos animales despellejados que parecían cabritos, los cargaban dos estudiantes de bioquímica, especializados en procesamiento de alimentos, del Instituto Politécnico Nacional. Se reían mientras echaban los animales en una plancha. El Matemático me semblanteaba:

–Vamos viendo mi estudiante de sociología: ¿Crees que a la gente le gusten *los taquitos con carne dulcecita*?

Yo para no embarcarme, dije que no sabía. Pero él estaba interesado en mi opinión:

–Vamos mi sociólogo, hay que aplicar los conocimientos para mejorar los negocios. *No seas gacho.*

–Creo que la salsa no se lleva con lo dulcecito.

El Matemático sonriendo aceptó:

–Tienes razón, tengo que bajarle lo dulzón a la carne.

–*Gua, gua, gua...* —le contesté con risa de complicidad.

–Gua, gua, gua... ay, ojón, ahí te hablan, talla 42 —me dijo, asombrado el Matemático, ahí, con sus formidables echas para acá estaba la Magda.

–A'i nos vemos al rato —dije lleno de contento.

–*¡Apúrele, mi sociólogo, haga trabajo de campo!*

Doña Magda apareció envuelta entre los rayos del sol de la tarde.

Corrí al puesto como un Juan Diego cualquiera en busca de la Virgen de Guadalupe.

La Magda con su voz celestial me dijo:

–Hola, Juan Dieguito, hijo mío.

–Dime, niña —le dije con mi tilma repleta de rosas del Tepeyac.

–Ya te olvidaste mí —la verdad yo sí creía que me hablaba la Virgen. Me cai, hasta a mis calzoncitos se les aflojó el resorte. *¿Tienes pantaletas de mi talla?* —me preguntó retadora, haciendo pesar la enormidad de su trasero; lo calculé, lo adoré, lo recordé, y dije como los buenos:

—Talla cuarenta y dos.

—Ja, ja.

Como loco me puse a buscar su talla. Gruesas gotas de sudor mojaban mi frente, no encontraba pantaletas de la talla de doña Magda, pensé, qué extraño, debería de haber talla 42.

La Magda orgullosa de su atractivo, me ayudó a salir de la carencia de las pantaletas talla 42:

—Ojo, Macs, dile a los judíos que fabriquen pantaletas talla 42; habemos muchas mujeres que las usamos. *Unas porque estamos buenotas* y otras porque hay carne para acariciar.

Era cierto, la Magda tenía un culo amplio con una cintura muy bien delineada. Serían las circunstancias o porque agudicé mi atención, pero de repente, junto a la Magda, había muchas mujeres de traseros que ostensiblemente anunciaban la talla 42; *eran hermosas esculturas olmecas, zapotecas y otomíes*.

—¿Qué vas a hacer en la tarde?

—Tengo que ir a clases.

Yo le quería decir que me zurraba nada más de pensar en su cuerpo. Pero no se lo dije, eh, me lo guardé como muchas cosas más.

Se metió al puesto y me besó. Yo como no queriendo la cosa, muy discreto, apoyé mis manos en sus caderas. La Magda gozosa, me susurró mientras metía su lengua en mi oreja:

—Son tuyas, mi amor —al estirar las piernas para brincar mi mercancía, se delinearon macizas, eran un testimonio de su belleza otoñal. El Matemático, asomándose discreto en su puesto, se reía y hacía señas *que estaba muy güena la Magda*.

Esa tarde, al ver alejarse a la Magda decidí dejar de amar a la Chancla; a pesar del recuerdo, a pesar de que la nostalgia me decía que había una talla 40 por la cual me la sentía.

Cómo no agradecer a esta estación del Metro las gracias recibidas. Al fin, la veía llegar (la suerte): mantenía a mi familia. Y lo mejor para mi jefecita y para mi jefecito era que ya tan sólo me faltaban tres semestres para terminar mi carrera.

Y entonces trabajaría de sociólogo. Y *llegarían los días de andar de traje y corbata y con tarjetas de crédito*.

Me preocupaba mi jefe, tenía cuarenta y dos años e iniciaba un nuevo reto: ganarse el pan nuestro de cada día en un taxi. Mi viejo era un corazón tibio y palpitante.

Y es que el presidente de la República nos había dicho, así como si dijera el domingo comen enchiladas, que el país estaba quebrado y teníamos que apretarnos el cinturón. *Para salir de esta bancarrota se iban a necesitar cinco generaciones de jodidos* antes de que los tataranietos de los jodidos pudieran empezar a vivir un poco mejor.

—O sea, que ya estamos cáete cadáver para el güey ese —exclamaba con amargura mi jefecito. Ahí sentí que se quebraba el joven viejo.

Bara, baratita, muy baratita estas pantaletitas para damas ligeritas.

25

Ay de la vida. ¿Cómo un día, un hombre de costumbres puede desaparecer con su taxi, en medio de veinte millones de seres humanos?

—¡Ni que se lo hubieran llevado los ovnis!

Había dejado por todo rastro una placa de su taxi.

Cubierta con su rebozo, mi madre fue a mi encuentro, tenía un rosario en las manos. Mi corazón se desbocó en ansiedad. El rostro de mi madrecita era el de la dolorosa enmarcada en el portón del zaguán de la vecindad.

—*¿Qué pasa, jefecita? ¿Qué tiene?*

—Ay, hijo de mi vida, *tu padre me tiene con pendiente*, no ha llegado desde que salió con el taxi en la mañana. Nunca hace eso, siempre llega a comer, luego se va otro ratito a trabajar, pero ahora... desde la mañana salió y no ha regresado. Son las once de la noche.

¡Qué de mi jefe! Yo no sé si ya le pasó. Se siente un hueco. ¡No! Un hoyo en el estómago. Los güevos se te encogen, se hacen mirruñitas.

Y lo peor: aguantar la bronca calladito para que tu jefecita santa no se doble.

—Vamos a la Delegación de policía, hijo. Vamos a la Cruz Roja, hijo. Vamos a la XEW para que lo anuncien en la radio, hijo.

—Ay jefecita, no se acelere.

—Hijo, ahí anuncian a los desaparecidos.

—No se pase, jefa.

—*Hijo, vamos con el tío Gamboín, en el canal cinco y llevamos una foto.*

—Tranquila, jefa, eso ya es en la desesperada, ahorita vamos con la policía.

—Vamos, hijo, con tu hermano, sus compañeros, a lo mejor, nos ayudan a buscarlo. Quiero irle a rezar a la Virgen de Guadalupe. Mira, *me regalaron una estampita de un san Juditas Tadeo.*

—Ay, jefa.

—Vamos, vamos, vamos —urgía el amor de mi madre.

¿Cómo doblarse ante tanto amor, ante tanta paciencia, tanta fe? En su pecho había tanto espacio para el dolor; un espacio inconcebible que lo transformaba en un remolino de amor y esperanza, *para seguir en la friega de la vida.*

Era la esperanza que yo no sentía. No es que no quisiera encontrar a mi jefecito; lo que pasa es que en la vida suceden tantas cosas que uno se va desencantando, descreyendo, te van madreando la moral.

Yo sabía, a mi papá no lo iba a volver a ver. Era una cosa que sentía al ver cómo nos trataba la realidad. Pero, ni modo de decírselo a mi mamá.

No me la acababa con los recuerdos de mi jefecito, una y otra vez me descubría pensando en ellos; de aquellos años de infancia, cuando el país vibraba con sus campeones mundiales de box. Eran días de fe donde se podía *encontrar a la vuelta de la esquina una tienda o una lechería de la* CONASUPO para mitigar el hambre. No eran los días de ahora, donde la gente come tacos de perro y hace que no sabe porque saben tan sabrosos. Seguro, mi jefe no era el primero ni iba a ser *el último taxista desaparecido en la ciudad.*

Las tardes de búsqueda en delegaciones de policía me daban la sensación de estarme haciendo, ¡otra vez!, como el tío Lolo.

Estaba convencido que nuestra policía era corrupta y pendeja. Ni creía en el Ministerio Público, ni que este país fuera un país de leyes.

—Háblenos dentro de ocho días...

—Vénganse la próxima semana...

—No, no hay nada...

—De qué... *¡ah, ya me acordé!* ¡Ustedes son los del taxista! ¿verdad?

Yo por respeto a mi madrecita y por no romperle la esperanza, no me encendía y los mandaba a chingar a su madre.

Al verles las caras me preguntaba: Dónde se almacena tanta apatía. Dónde les enseñaron tanto desdén, *tanto abandono con la vida humana.* Mejor me di la media vuelta y *pedí la ubicación del baño para ir a miar.*

Cerré la puerta del baño con seguro. Me subí en cuclillas a la taza del water sin bajarme el pantalón; comencé a pujar, a pujar, a pujar para sacarme la nada que inundaba mi ser; me agarré de la puerta, apreté mis dientes, cerré con fuerza mis ojos, y con pasión salieron los aires del stress. Sentí el sudor del dolor. Lloraba. Limpié mi nariz. Bajé de la taza hecho un *reverendo guiñapo*. Yo era un animal descansando.

Cuando abrí la puerta, no rebuzné porque había más de diez pendejos haciendo cola, los miré sonriendo y *les susurré:*

–Pinches cagones...

Llegué al lado de mi jefecita, sentí el calorcito del valor que volvía a mi cuerpo. Vi con amor cómo el cuerpo de mi jefecita *en esos días se encogía*. Hoy era más chiquita del cuerpo que ayer.

–No, no hay nada —hacía la señorita como que revisaba papeles y cansada seguía—: Háblenos por teléfono para que no vengan hasta acá.

–Señorita, pero ya vamos para tres meses que se desapareció... —la pinche vieja *sonrió, y nos dijo:*

–*Ay, señora, pues es hombre, ¿segura que no le conocía otra?*

Mi mamacita se quedó pendeja. Nada más sentí como su corazón se arrugó. Lloró. Sus lagrimitas quemaban mis manos. Cobijé con mis brazos su cuerpecito; temblaba por los sollozos...

Cuidé a mi jefecita para que sus pies no tocaran el suelo, que no viera el sol amargo de esta ciudad; cuidando que no se le escapara el soplo de la vida, *que sus alitas de angelito no se le arrugaran*.

Mi mamacita santa no paraba de suspirar y callada dejaba entrar a su ánimo la resignación.

Fue cuando nos alcanzó en su carro último modelo el ojeis meis de mi brother. Subimos a su auto.

–¿Qué les dijeron?

–Nada... —dijo muy quedito mi mamacita.

Yo agregué:

–Que si no sabíamos si andaba con otra mujer...

El Arqueólogo soltó la carcajada:

–*Así somos los policías.* No les hagas caso, jefa. Ya aparecerá el viejo travieso.

Miré al Arqueólogo. Había cambiado, ahora usaba sombrero norteño, botas vaqueras y pistola plateada con incrustaciones de rubíes. Su charola metálica, ostentosa, *la cargaba en el cinturón de piel de víbora*.

–No, mijito, él no me engañó. Ya me lo mataron. ¿Dónde lo tiraron? Yo nada más pido que me entreguen su cuerpo para enterrarlo.

Nos callamos como guacamayas mojadas.

Bara, bara, mojarrita, pantaletitas para su figurita, baratitas, bara, bara.

26

¿La ausencia alimenta el amor? Mi madrecita compró para mi jefecito un terrenito en el panteón; y en la lápida puso todo su amor. La venta de pantaletas nos permitía darnos ese lujo: construir un lugar para la memoria y cantarle rancheras.

¡Ah de la vida...! ¿Nadie me responde?
Aquí de los antaños que he vivido
la fortuna mis tiempos ha mordido;
las horas mi locura las esconde.

Con sus manos entrelazadas reposando en su regazo, mi madre, con una mirada recogida en sus pensamientos, susurraba estos versos con voz tenue y nítida; el viento de la tardecita se sentía. Quiso esa voz seguir con un fue y un será... Pero la orfandad no quiso que sucedieran. Volteó a mirarme:

–*Están bonitos los versos que nos vendió el cantero*, ¿verdad, mi hijo?

Estábamos en la tumba hechiza de mi padre. El cantero se afanaba por arreglar las flores, regó el agua. Nos dejó solos.

Mi mamá comenzó a cantar con voz muy bonita, delgada, agradable, un son huasteco. Le cantaba a mi viejo con sentimiento, como si estuviera cantando en *una película de charros del cine mexicano*. Puedo jurar que esa tarde hasta escuche el arpa y el violín. Disculpe las lágrimas:

Jojojuuuuya...

Con *su rebozo cubriendo su cabeza*, dejaba al descubierto su rostro, un rostro doloroso y amoroso; un rayo de sol de la tarde bañaba la mitad de su cabeza. Cantó: "A la luz de los cocuyos" de José Alfredo Jiménez.

Ay amor de mis amores, te vengo a cantar mi copla,
ando lleno de ilusiones y quiero besar tu boca,
quiero decirte cositas, que traigo dentro del alma,
pero como son bonitas, quiero decirlas con calma...

Era la canción que a mi papá le gustaba cantarle a mi mamacita en su cumpleaños. Y se la cantaba ¡a capela!, con varias chelas atravesadas.

Mi jefecito no cantaba mal las rancheras *y eso que no usaba bigote tupido.*

Mi madre dejando rodar sus lagrimas por sus mejillas siguió cantando a mi jefe. Cantaba como Rocío Durcal canta las canciones de Juan Gabriel:

Yo no sé si vengas tú. Yo no sé si vaya yoooo...
Pero has de sentir mis besos y yo he de sentir los tuyos,
y hemos de quedarnos presos a la luz de los cocuyos...

Era la canción de ellos.
Me acuerdo: Una noche después de la fiesta del cumpleaños de mi mamá, me despertaron los falsetes de mi padre. Estaba abrazado con mi madre en la cama; la besaba y le cantaba:

Te quiero mirar bonita, sin penas y sin orgullos,
y quiero echarme en tus brazos, a la luz de los cocuyos...

Riendo mi madre le devolvía los besos y canturreaba:
–Jojojuuuya...
Y mi padre a medios chiles hacia segunda con:
–¡Arpa vieja de mi tierra jarocha!
Cuando mi madre me descubrió al pie de su cama, se rio, me alcanzó, me abrazó y me cargó; mi papá me besó y siguió cantando. *Se traían un pedo tequilero muy amoroso:*

Cuántas noches de tu vida habrás pasado conmigo
contando las estrellitas, y sólo Dios de testigo,
siempre con la cara al cielo, cobijados por la luna,
contando las estrellitas; beso y beso una por una...

Mi mamá acercó su rostro al de mi jefe e hizo segunda:

Yo no sé si vengas tú. Yo no sé si vaya yooo...

Y ahora en esta tarde, de seguro, ella también recordaba esa noche *y muchas otras noches de amor.*

Mi mamá, hincada con su manos juntas, siguió cantando su canción a mi jefecito querido. Cantaba hacia el cielo. Sentí gacho y bonito; *qué manera de extrañar a la persona, hasta como que se quería despegar de la tierra:*

> *Pero has de sentir mis besos y yo he de sentir los tuyos*
> *y hemos de quedarnos presos, a la luz de los cocuyos;*
> *te quiero mirar bonita sin penas y sin orgullos,*
> *y quiero echarme en tus brazos a la luz de los cocuyos...*

Se persignó, se besó las yemas de sus dedos y las llevó a la cruz de la tumba, acarició el frío del granito. *Lloró.*

Tomó con su mano mi mano, se apoyó para levantarse. Era tarde, el panteón se estaba quedando solitario. Caminamos muy lento la vereda para ir a la salida. Y... ¿no? lo que son las cosas. Un hijo de su pinche madre, con una cubeta llena de agua le dio un *santo trancazo a mi jefecita,* me la botó hasta el pasto. Yo sí, le voy a ser sincero, le di sus pinches patadas al viejo ese, que ni tan siquiera se detuvo a recoger su cubeta, como ratón mojado se echo a correr. Mi jefecita se quejaba.

Tres meses duró enyesada de una pierna. Yo ya nada más me ponía abusado, *no fuera que un perro me fuera a miar.* Ni a la Universidad fui. Pero... Decía mi madre:

—Dios aprieta pero no estrangula —o algo así.

Fue cierto, porque yo no sé cómo pero pasé todos mis exámenes y en verdad les digo que ni le hice la barba a los maestros ni les conté mis cuitas y mucho menos les di un entre.

Bara, bara, este pantaletón.

27

La vida sigue. Las pantaletas se vendían bien, tenía mi clientela en la estación del Metro. Las señitos comían sus taquitos de guau, guau y luego pasaban a comprar pantaletas.

Al que no volvimos a ver durante un rato fue al brother. Ya era Policía Judicial Federal. A la que sí veía, si no a diario, sí con gusto era a la Magda. Y para acabarla de chingar ¿qué cree? *¡También me resultó cantante!*

Cuando estábamos en su cama me cantaba esta canción:

En una noche de luna Naela lloraba ante mí.
Ella me hablaba con ternura, puso en mis labios su dulzura.
Yo le decía por qué lloraba, y ella me contestó así:
Ya me embriagué con otro hombre, ya no soy Naela para ti.

La Magda cantaba la canción mirándome a los ojos con una voz tan cachonda y adolorida, que tuve urgencia por preguntarle:

—¿Por qué te gusta esta canción?

—Imagínate, después de ponerse un buen pedo tequilero con otro cabrón, va y le pide perdón a su novio, toda cruda. ¡Eso es amor! Para que el güey entienda que *las mujeres también se ponen calientes.*

Desnuda me abrazó, comenzamos a bailar de a cachetito, cantándome al oído, me metía la lengua, me ponía chinita la piel, me hacía cosquillas, me mordía el cuello, *yo me retorcía como si me anduviera de la pipí.*

Naela, di por qué me abandonas,
tonta, si bien sabes que te quiero,
vuélvete, ya no busques otro sendero,
te perdono porque sin tu amor se me parte el corazón...

La verdad, la Magda me hacía como su muñeco, me decía *ponte así y ahí estaba el güey,* así, que ponte asá, y ahí estaba el güey puesto asá. Aprendí mucho con ella.

Ya cuando me iba se vistió, pero no se puso las pantaletas, me las enseñó, eran enormes, enormes, gigantes; muy bien delineadas por las curvas de sus nalgas y su marcada cintura. Orgullosa reía y las agitó como una bandera. *Me las regaló:*

—En los talleres de los judíos no hacen estas pantaletas, mándalas a hacer tú. Las diseñé para tu negocio. Véndelas, te va a ir mejor.

Yo las tomé, las besé ante una orgullosa Magda, las hice bolita, y me las guardé en mi pantalón, le sobé sus nalgotas y le dije:

—Las quiero mucho. *Me van a dar suerte.*

Ese día creí que ya nunca más me acordaría de la Chancla, pensé: "Tenía razón mi jefecito, todo es cosa de conocer otras mujeres... Y si son talla 42, mejor." Las del 40 ya me quedaban chiquitas.

Bara, bara, muñequitas, para mejorar el sirenón, aquí están sus adorables.

28

"Aquel día en que tú te marchaste, me quedé solo y triste en el parque... me da gusto volverme a ver en tus ojos y volverte a besar. ¡Qué bueno!" Era el nuevo hit del Rigo; que anunciaba la nueva moda: Style 42.

En la calle Jesús María hay muchos talleres fabricando ropa íntima, casi todos sus dueños son mexicanos de origen judío; uno de ellos se apellida Schiller, quien más tarde será mi compadrito Salomón. Es moreno claro, narigón con ojos verdes, eso sí, es *más nacional que el pulque curado de pitahaya y tan transa como un burócrata en una oficina de permisos*. Es muy listo para lanzar nuevos diseños de ropa barata en los tianguis.

A él fui a proponerle la fabricación del diseño de *las pantaletas style la Magda, talla 42.* Él tiene fama de saber hacer negocios financiándolos

Salomón, encantado y como el rey Salomón, me propuso su taller. Ahí cortarían y coserían las pantaletas.

El acabado fino y el pegado de las etiquetas lo harían los artesanos del pueblo de Santiago Tianguistengo, a destajo.

–¿Y qué nombre le pondremos a las pantaletas? ¡Uno llegador! —me preguntó Salomón, dando por hecho el trato a la palabra.

–¡El Sirenón! —contesté en un instante de inspiración. Salomón me miró sin dar crédito, sus ojos claros parpadeaban signos de pesos; sonrió como un Rigo Tovar sefardita y se soltó a cantar y bailar:

Cuando buceaba por el fondo del oceano me enamoré de una bellísima sirena... ¡Sirenón style 42! Salomón más bien se me hacía árabe; los domingos iba a bailar al Deportivo Nader, ahí se presentaban Rigo y su grupo Costa Azul.

–Pantaletas para las mujeres llenitas: Sirenón. En las etiquetas les ponemos un colonononón de sirena.

Salomón sabía cómo y cuándo vender y todavía no le daba por llamarme: "Macs, mi compadre".

Con un apretón de manos sellamos el pacto.

No me daba cuenta cabal, pero éstos eran mis primeros pasos

seguros como empresario en la economía del mercado informal; repartiríamos las pantaletas en los tianguis dominicales de la ciudad y entre semana en todos los municipios conurbados de chilangolandia.

Pero este trabajo lo veía como algo pasajero. *Seguía aferrado al ideal maternal*, asumiendo que mi camino se encontraba en la licenciatura en Sociología.

–De una vez, amarra la venta de pantaletas, en los tianguis, con la Chatita... ¡La hija de la Chata Aguayo!, pobre ya se le murió la Chata Grande —me saqué de onda y pregunté para reafirmar. Me lo confirmó:

–Ahorita están en el velorio, cabrón, ahí encuentras a la Chatita —Salomón habla con más groserías que su servidor. Respondí escéptico:

–No me va a hacer caso, güey.

–Cómo no, ahorita es mejor, *al rato se le sube el puesto de secretaria* de los comerciantes, similares y conexos de la calle de La Soledad. Es capaz de desafiliar a changarros ambulantes —me empujó.

Salí del taller y caminé por Corregidora. Toda la población del país se me vino encima. Me refiero a todos los jodidos.

A estas calles del centro de la ciudad llegaba gente de todos los estados de la república para seguir con la cadena de la economía informal: salarios miserables se compensaban con la compra de ropa de moda pirata o no facturada de empresas grandes o manufactura totalmente fuera del mercado formal, a precios de ganga.

Al llegar a la calle de Roldán, los lloros y los desmayos eran un disco rayado; una multitud consternada, de riguroso luto, se apretujaba entre sillas cerveceras y coronas de flores.

Cuando entro a la calle principal, detrás de mí se arranca un mariachi de Garibaldi. *Me sentía como Jorge Negrete en* **Dos tipos de cuidado***;* la gente admirada volteó a verme, las trompetas retumbaban a mi espalda; fui directo al centro de la calle empedrada, ahí reinaba en su ataúd, colocado sobre una plataforma de madera la jefecita, la madre, la señora de los cielos, la soberana del comercio ambulante, *la reina de cómo repartir mordidas para que no pegaran de gritos* los inspectores de los diferentes gobiernos, de las más variadas ideologías, todos trácalas aunque dijeran que no bebían de esa agua bendita.

De los viejos edificios de tezontle y cantera los afiliados a la Asociación lanzaban pétalos de rosas, un sacerdote ceremonioso daba la bendición, los mariachis se colocaron a su alrededor; hombres de lentes oscuros y peinados grasosos daban el pésame a la Chatita, la hija, la heredera del feudo, la cacique en ciernes; uno de ellos se lanzó al ruedo con un spich neto, diciendo la grandiosa labor que por los jodidos había hecho la Chata Aguayo, su madre, la priísta de corazón, la luchadora social, la mujer moderna que supo hacerse respetar entre tanto cabrón, la que si le hubiera dado chance la vida, sería perredista por convenir a la sobrevivencia de ella y sus agremiados y si el PAN ganara el gobierno de la ciudad capital también se volvería panista y si fuera el Verde hasta se pintaría el pelo de verde. Ella era la *dirigente moral de los vendedores ambulantes de la calle de La Soledad*.

En ésas estaba el ritual cuando un tipo de traje amarillo y corbata rosa, con zapatos blancos y lentes oscuros se dejó caer contra el ataúd. Pommm, nada más se oyó. *Comenzó a gritar como gato mojado electrocutado*.

—Chata, perdóname, mujer, yo sé que fui ingrato pero aquí estoy para irnos juntos, *no me avientes como unas pantaletas viejas*; soy tu Chano, el jefecito de la Chatita.

El Chano era el papá de la Chatita chica. Abrió la tapa del ataúd y levantó la cabeza de la Chata. Se la comía a besos, la ensalivaba, le abría los ojos, su rostro lo restregaba contra el de ella.

Discretos los guaruras de la Chatita lo tomaron de la cabeza y como quien no quiere la cosa, le daban unos jalonzotes de cabellos, hasta que lo obligaron a berrear, y a dejar la cabecita blanca de la Chata. Ésta quedó colgando del ataúd, *tenía la lengua de fuera*.

El Chano fue botado en el quicio de una de las bodegas.

Lo encontré llorando a moco tendido. La Chatita chica lo abrazaba y discreta lo regañaba:

—Ya papá, no la riegue, nadie le va a creer que siente tanto dolor. Mídase, mida su dolor. Yo voy a seguir dándole su entre, pero respete a mi jefecita.

El Chano se limpiaba los mocos y se restregaba los ojos y luego las palmas de sus manos las tallaba en su pantalón de casimir, abrió un ojo inundado de llanto y con voz de fumador aferrado, suplicó a la Chatita, su hija:

—No seas mala, hija, *déjame llorar mi dolor*, por mi Chata; allá arriba hay un Dios y él te va a castigar si no respetas el dolor de tu progenitor.

—Respete los sentimientos de los agremiados —pidió la Chatita.

Se escuchó un murmullo y luego un rumor que se hizo un grito:

–*¡Llegó la carroza!* ¡Háganse a un lado!

–Usted va tener lo suyo —le dijo la Chatita a su jefe, como si fuera la promesa de una cacique, de una doña.

Retiraban el féretro de la plataforma, la calle de Roldán se aglomeró para darle el adiós a la Chata Aguayo. Los ambulantes gritaban:

–¿Jefa, ahora quién nos va a defender? ¡No nos dejes!

La Chatita, ya actuaba como cacique. Me vio:

–¿Tú qué quieres?

–Vengo de parte de Salomón, el de la calle de Jesús María, vamos sacar una nueva línea de pantaletas.

La Chatita con ojo clínico me analizó, volteó a ver cómo se llevaban el féretro, me agarró de la mano, la gente era un mar embravecido, me susurró:

–Dile a Salo que con él siempre hay negocio, nada más que no se haga. Así se lo dices —vio al Chano, que seguía sonándose la nariz, se paró en la puerta y me dijo:

–¿Qué línea de pantaletas van a vender?

–Pura talla 42.

–¿Ya las bautizaron?

–*Sirenón Style 42*.

–¿El Sirenón? Suena bien el nombrecito —sonrió y se fue.

La Chatita tendría como unos veintiocho años *y por lo que se veía de espaldas también era talla 42*.

De pronto, el cielo se puso pardo, sopló un viento agrio, el piso silencioso se movió. Temblaba la tierra. Hasta el Chano compuso la figura y se puso debajo del arco de la puerta; la construcción crujía silenciosa, el féretro comenzó a resbalar entre la multitud, la gente gritaba y rezaba, *el féretro en manos de la gente era un barquito zangoloteado en un mar picado*.

–¡No la dejen caer! Dios Santo, Ave María sin pecado concebida.

El piso se comenzó a mojar, primero como si estuviera chispeando y luego a cántaros, el ataúd se iba resbalando entre las cabezas de la gente y, de manera *milagrosa, solito llegó al interior de la carroza*.

Todos se hincaron y persignaron. La gente empapada lloraba, por fin, los "ayes", se sentían netos:

–*Jefecita, ¿por qué nos abandonas?* Jefecita, Dios te reciba en su Santa Gloria.

Fue cuando el Chano se dio un santo madrazo contra el pavimento. Me hizo saltar, creí que me salpicaba la sangre de su cabeza. Se oyó meco y seco, pero no tenía nada el güey.

–Joven —me dijo una vocecita— *déle a oler la cebolla*.

Lo hice como lo hubiera hecho mi jefe: se la restregaba entre hocico y nariz. *El Chano se quedó quieto queriendo guacarear*; guacareó, terminó y limpiándose la baba con la manga de su saco, me reclamó muy serio:

–Ya, bájale a tu entusiasmo, mi buen, *voy a vomitar otra vez*.

Miré los pétalos del suelo, las sillas de lámina arrumbadas, la vieja calle de Roldán lodosa, estaba meditabunda como en tiempos del tezontle y la cantera; los tiempos de la Llorona: *"Ay mis hijos"*.

Bara, bara, marchantita, para apantallar a su viejo, pantaletas a su medida.

29

A veces el amor nos hace cometer cada pendejada, que cuando se cuenta, a uno no le queda sino aguantar la risa, de la pura pena.

La vida no se detiene. Mi mamacita ya caminaba y trataba de conformarse, atendía el puesto de las pantaletas mientras yo iba a la Universidad. Le platiqué mi pacto para fabricarlas en sociedad con Salomón. Se rio de buena gana, y preguntó:

–Ya registraste tu idea.

–No, jefecita, el Salomón no es transa, es cuate; además, va a poner el dinero.

Se conformó. *Qué feo es eso de no tener certezas*: no sé si a mi jefecito se lo echaron o algo le pasó y anda por ahí sufriendo.

Mi viejo, que en paz descanse, realmente no era grande, todavía hubiera podido dar mucho de sí, es más, sentí que por eso andaba deprimido: se descubrió vigoroso, *con un mundo por delante y una vida de atrás que no le satisfacía*.

Sentía haber perdido todos estos años. Vi esa sensación en sus ojos, su deseo de que yo no cayera en esa trampa.

Realicé un sondeó del gusto femenino por las pantaletas *"Sirenón Style 42"* en la Universidad. Primero en el patio de la Facultad de Ciencias Políticas y Sociales, y después en el corredor de la iniciativa privada, atrás de Odontología, por el Metro Copilco.

Muy discreto, al lado de un puesto de libros puse mis pantaletas como banderolas universitarias, colgué varias en las ramas de un árbol; enfrente había un puesto de playeras con imágenes del Che Guevara y John Lennon; en el changarro siguiente vendían tacos de cochinita pibil y panuchos.

Las pantaletas para las mujeres gordotas tenían magia, nacieron con buena estrella. Poco a poco como las abejas al panal, la mujercitas recatadas comenzaron a querer su probadita. Algunas chavas hasta me las pidieron con un corazoncito estampado en el frente y otras más aferradas con la lengua de Mick Jagger.

Pensé en abrir una línea de complacencias y comprar una maquina para imprimir calcomanías. La inspiración del emprendedor se me fue. *Qué cree*, rumbo al Metro Copilco ¡que veo unas señoras nalgas!, a ojo de buen cubero, casi talla 42, *escandalosamente retacadas en unos pantalones* de mezclilla y sostenidas por unos enormes zapatos de plataforma. Me quedé pendejo, y más cuando las olí, de inmediato me dije, ese aroma lo conozco, *cuando la chaparrita volteó, ¿quién cree que era?*

¡La Chancla! *¡La Chancla!* ¡Era la Chancla! ¡La Chancla disfrazada de estudiante de Ciencias y Técnicas de la Comunicación! Caminaba con un güey muy trajeado, chaparro, gordo, calvo, de lentes y barbón, iba muy colgada de su brazo. Pensé:

"Ésta es capaz de andar estudiando la Licenciatura en los Mass Media."

–*Qui'hubo, Macs*. ¿Que ahora vendes pantaletas? —me lo dijo con tal ternura, que cualquier objeción o coraje se desvanecía ante tanto interés. Mira, Macs, te presento al Maestro Aguilar, Enrique Aguilar, es escritor, me da clases sobre el arte narrativo de Gustavo Sainz, el humor en los libros de Gabriel Careaga *y los caminos secretos en la poesía del doctor Nandino* —yo quería detener su catarata verbal pero siguió poseída por el anuario de Bellas Artes—: Dice que me va a echar la mano, conoce de atrás tiempo al emérito maestro Salvador Mendiola, generación 50's, autor de: *"Abre la boca, cierra los ojos y saca la lengua"*. Era la novela que nos recetó el maestro Vacunin —yo nada más le veía el culo sin poner objeciones a sus preferencias literarias. Al levantar la vista choqué con la mirada babeante del profe Aguilar, mirada que nada más calculaba el peso de sus cosotas. La Chancla seguía hablando—: El maestro me va a ayudar en mi tesis sobre estas obras de *"la generación de las islas"*.

–¿Entonces ahora qué estás estudiando? —le pregunté.

–¿Yo? *Yo quiero ser periodista, como Lolita Ayala.*

Aguilar se mesó las barbas y calificándole sus poderosas razones, no dijo que no. Más bien se afirmó; porque el maestrito ese la agarró por la cintura. Yo pregunté nada más por joder; no que estuviera celoso:

—¡Pero, Chanclita, *si ni siquiera has terminado el Bachillerato*! ¿O sí?

—Ay qué menso eres, Macs —me dijo con cara de aburrimiento. Al instante *pensé: "Ya la cagué"*. Desde mis atavismos se asomaba el Homus Mensus, y para regarla más, le pregunté:

—¿Has estado estudiando, aquí?

El profe Aguilar, con prepotencia de sabihondo, sonrió; sacándose un moco de la nariz y, luego, haciendo con los dedos palanca lo botó.

La Chancla, se notaba, me tenía ley. Alegre me preguntó:

—¡Sí Macs! *¿Y tú estás en sociología?* ¿Ya te vas a recibir?

—Sí —yo como pavorreal que se aburría con la luz de la tarde, contesté fervoroso—: ¡el año que viene, Dios mediante, termino!

—¿Y en qué vas a trabajar? —me agarró tragando camote el profe Aguilar porque aunque yo sabía que tenía que trabajar, no me había puesto a pensar en eso. Titubeé pero acerté a decir:

—En el INEGI.

—¡Estarás muy palanca para que te contraten! —contestó el pinche maestro. Fue como si me hubiera echado la salación. Si lo volviera a ver, lo agarraría de los güevos y lo colgaría en el pórtico de la Secretaría del Trabajo. No le contesté.

La Chancla como llegó se fue con su Teacher. Quién sabe cómo le hizo para inscribirse en la Facultad. *Pensé que el profesor se la quería comer. ¿O se la comió?* Me conformé. Al menos se veía que la Chancla tomaba cursos intensivos particulares. *O quién quita y estaba inscrita en el Sistema de Enseñanza Abierta*.

Cuando recordaba a la Chancla, una imagen llegaba a mi memoria; la veía con las piernas alzadas y abiertas. ¿Querrá decir algo?

Lo que sí me dio gusto fue sentir que mi corazoncito no latió como antes. Eso sí, se me antojó estar con ella; para ostentar lo aprendido con la Magda y certificar si ella ya era talla 42.

Bara, bara, señorita, pantaletas con corazoncitos, baratitas.

30

El amor permanece porque los recuerdos no se van, ¿verdad, Güemes? Aunque puede ser que a los enamorados no les da la gana

correrlos porque muy en el fondo quieren seguir haciéndose pendejos solos. ¿Cómo explicárselo?

Un año había pasado y no sabíamos nada del viejo, bueno, casi nada.

Un domingo desperté con la iniciativa personal muy afilada; fui al tianguis de la colonia San Felipe, en el norte de la ciudad, a un costado del Canal del Desagüe. *Cincuenta mil cabrones comerciantes callejeros por sus güevos y por su necesidad se aposentaban en tierra de nadie.*

Éstas eran las tierras de los Freeman, los amorosos de la libre empresa, los fans de don Milton y doña Rose, empresarios con hondas raíces ancestrales; éste era un verdadero tianguis tlatelolca.

Aquí se venden desde autos hasta peines.

En este coto el Tlatoani era la Tlatoni, conocida en el mundo de la ganga y el cambalache por el aristocrático sinónimo de la Marrana. Quieren decir: la fregona, la jefa, *la que le quita las pulgas al zorro*. Llegué a parlamentar con ella:

–Un millar de pantaletas como éstas; a pagar un domingo sí y uno no... —le propuse la transa mostrándole unas pantaletas.

–¿A la palabra? —con suavidad reviró Su Majestad del barrio la Marranera, allá en Iztacalco. Revisaba la prenda íntima con sabiduría comercial, la olió.

–A la palabra o te me vas a la chingada.

Aquí la palabra tenía el valor del chile, un peso específico, *aquél que falla se le seca la labia y le arde la coliflor.*

La Marrana escupió su regordeta manopla y la chocó contra la mía haciendo: ¡Plas!

Después de hacer el trato dejé a la Marrana. Recorrí una por una las treinta calles de comercio al sol hasta llegar a la sombra del Canal del Desagüe.

Olía de la rechingada. El caudal acuoso era espeso; sobre la ribera, tendidos, había algunos comerciantes vendiendo refacciones de autos robados; hombres viejos, huesudos, reumáticos, tiznados de la frente a los pies. Sus ropas raídas eran banderolas de mil batallas y sus manos temblorosas eran garruchas exactas para contener las anforitas de tequila blanco; con el tenue sol de la mañana se calentaban entre buche y buche; de un viejo tocadiscos brotaba la voz de Frank Sinatra cantando: "New York, New York..." Un hombre negro, correoso, delgado como una tripa, montado en una bicicleta daba vueltas en ella al ritmo de la música. Los otros le echaban gritos para que la hiciera bailar. El negro se emocionó tanto que me atropelló. Me dijo:

—Fíjate, güey, por dónde caminas, vas dormido o qué... —ese "qué" se quedó en suspenso porque pelando sus ojotes, tocó mi cara con sus dedos de uñas largas y renegridas. Gritos a lo lejos se oían:

—*Negro cambujo, te gustó el joven, quieres que te persiga las lombrices...*

—Bésalo...

—O qué, lo quieres hipnotizar...

El negro me ayudó a levantarme y sin dejar de mirarme se echó para atrás; seguían los gritos cábulas:

—Qué, te espantó su garrote...

—*Negro oscuro, no le saque...*

Hubo algo en él o fue la intuición... Lo perseguí.

Se escudó en su mercancía, la tendía en una manta en el suelo; eran espejos de autos, manijas, tornillos, resortes, bombas viejas de gasolina, tapones y cartuchos pasados de música pasada de moda y cabezas de muñecas y puras cabecitas de muñecas Barbie, estaban pelonas.

Al verme, recogió las cabecitas y se persignó. Las risotadas de otros comerciantes se volvían burlas:

—*Negro, andas de nuevo con el vudú.* ¿Fumaste de la Golden, verdad? Bien sabes que te pone como Torombolo. ¿Para que le muerdes el rabo al diablo?

¿Por qué lo miraba? No lo sé.

—Déjelo, joven, está loquito el negrito, es bien marihuano. Le encanta el epazote fumado —una voz de mujer anciana con prudencia me decía—: Aquí en el canal todos los días se pone a vender cosas que ni sirven, cosas que trae el agua del canal.

El negro me sacó la lengua. Y con la mano me hizo la seña de "cuernos".

Me regresé al tianguis de la San Felipe.

Me detuve en un puesto de enchiladas, pedí una plato y una cerveza, iba a la mitad de las *enchiladas cuando sobre ellas aventaron una credencial del* PRI.

El negro se echó a correr como si fuera un mono. No lo seguí. La gente se reía. Tomé la credencial, le limpié el mole de las enchiladas y descubrí la foto de mi jefecito. ¡Se parecía a mí!

Era su credencial como miembro del PRI. *Corrí para buscar al negro.*

El negro saltaba como chimpancé por la ribera del canal. Yo

no sé cómo le hizo, pero caminó como Cristo sobre el agua. A la mitad del caudal de agua cochina se hundió y con brazadas extensas y fuertes en un dos por tres alcanzó la otra orilla. Como perro mojado se sacudió el agua. *La gente aplaudió*, celebró su hazaña. Sentí que a quien perseguía era, en verdad, un chango marango. Un torrente de sensaciones me ahogaba...

Vi de nuevo la credencial con el escudo del PRI, la foto era de mi padre, el nombre escrito era de mi padre. *A güevo que era mi padre*.

El agua espesa del Canal corría con fuerza, quise ver a través de ella el fondo, el plas, plas del sonido de la corriente me adormecía, me senté a oler. Así se me hizo tarde hasta que llegó junto a mí la Marrana.

–¿Qué te pasa, Maciosare? —yo le enseñé la credencial.

–*Jijos...* ¿Quién es?

–Mi jefecito, que se murió.

–¿Dónde la encontraste?

–*Me la dio el negro marango*.

–Qué gacho. Que Dios lo tenga a su lado.

Pinche Marrana, no se daba cuenta. Una ilusión me era arrebatada como diciendo: ¡Matanga dijo la changa! Yo cedí de dientes para afuera:

–*Se me hace que se lo echaron y lo tiraron al canal* —señalé la corriente.

Todos los presentes se hincaron, se pusieron a rezar; el olor del canal se hizo más intenso, entraba por las narices y se hacía remolino en la garganta; daban ganas de guacarear, todos rezaban rapidito, se levantaron como si les anduviera de las aguas. Como si fueran un río de agua bendita los feligreses se acercaron a la orilla: *vomitaron a la de tres*.

Yo de plano ahí mismo devolví las enchiladas.

La Marrana me abrazó y con su fuerza a todo lo que da, me levantó, caminamos con cuidado por el piso lodoso; de repente, nuestros cuerpos se deslizaban imperceptibles mientras nos limpiábamos la baba de la boca; como estatuas de sal se detuvieron nuestros cuerpos, mostrando ante las aguas espesas y agitadas nuestra fragilidad.

La Gorda era un ser pleno en estas tierras; no daba ni pedía cuartel a sus huestes:

–*Deja que descanse el animal, mi Macs*. Cuidado que está resbaloso, si no aquí nos damos en toda la feis. ¿Oyes, y si tu jefecito echó la credencial al río?

–No mames, Marrana, *mi jefe, no era de los que se rajaban* —le contesté al llegue.

–Oh, yo nomás decía, ya ves que luego *hay güeyes que se van a comprar cigarros y ya no regresan al hogar, se hacen los occisos.*

–Te digo una cosa, y no es que sea grosero, Marranita, pero nunca he visto a alguien querer tanto a su vieja como mi jefecito.

–Bueno, Macs, no cierres los ojos, la neta, y tú lo sabes, hay cada cabrón que se corta la coleta antes de terminar la faena. Fíjate, a mi hija, la Cochinita, el papá de sus hijos, cuando les llegó el tercero en la frente, le dijo a la Cochi: "No me tardo vieja, voy a comprar unas coca colas y unas papas fritas", y el güey, ya no regresó, *y eso que apenas iba a cumplir sus cuarenta años.* Imagínate, ya el tercer chilpayate va a cumplir los diez años, y ni sus luces. *Otros lo han visto al güey al otro lado del canal.* Yo creo, ha de decir: "De maje regreso". *¿No será así tu padre?* No te ofendas, pero cabe la posibilidad, Macs.

Me reía con tristeza de las conjeturas de la Marrana. Detuvo su camioneta, una pick up; me dejó en la parada del microbús.

Cuando me senté del lado de la ventanilla, el chofer hizo mala cara.

La idea o el deseo de creer el cuento de la Marrana me seguía; me daría tanto gusto saber que mi jefe se la anda cotorreando, que anda con otra vieja y que se pone sus buenos pedos y trabaja para él, para darse sus gustos, y que *si se fue, fue porque estaba hasta la madre de cómo había vivido hasta ahora. Hasta hubiera exclamado, pinche viejo tan chingón* nos la hizo como todo un gran cabrón. *Ojalá y hubiera sido así*, jefecito. Tiré su credencial del PRI a una coladera.

Bara, bara, diputada, pantaletitas para las curules extragrandes. Style 42, baratitas.

31

En el amor, cuando es amor, ay cómo la riega uno. Le dan, le dan a uno y ahí está uno como si le dieran toloache. Amensa corazones.

Mi jefecita siempre con esa sonrisa benévola era mi inspiración en las duras pruebas de la vida.

El día de mi examen profesional, mi mamacita, como una flor en el pantano, dominaba el auditorio; la veía solidaria solitaria, mi mente se estrujaba esbozando mi saber. Ella muy quietecita rezaba y rezaba con un discreto rosario de madera. Yo de repente, me atoraba pero lograba hilar mis argumentaciones; cuando de plano me quedaba mudo ella me impulsaba a puro golpe de pecho con el crucifijo. Los sinodales pensaban que era *un acto conceptual acerca de la guadalupanización de la sociología del perdedor como un método catártico para alcanzar el triunfo.*

De repente, un maestro chaparrito, morenito, de escaso pelo, lacio y negro, que le caía sobre las orejas como aguaceros de mayo, como un Juan Diego docto, dio por terminado el examen proponiendo mención honorífica a mi tesis:

LA INTERTESTICULARIDAD DEL DISCURSO DEL MÉTODO

Como herramienta intelectual para penetrar a profundidad en el conocimiento del sujeto cultural de Santiago el Chico.

Mi madre en ese instante revelador alzó sus brazos en cruz y dio gracias al creador.

Con todo esto quiero decir que en mi Alma Mater reconocieron la ley del camote del oriundo de las estepas del reino de Chilelandia.

Y más, cómo argumenté en favor de la identidad cultural del albur citando a Augusto Comte:

El método no es susceptible de ser estudiado separadamente de las investigaciones en que se emplea porque se embarca el sujeto social, o por lo menos sexualmente de rozón está muerto cadáver, incapaz de fecundar el espíritu con que se lo ejecutan.

Así, todo lo que pueda decirse es susceptible de ensartarse en la suerte verbal, y más cuando se encara abstractamente, pues se reduce peligrosamente a generalidades tan vagas como peligrosas el albur, teniendo en sí una fuerte penetración en el régimen intelectual.

El maestro Bourdieu se fue de nalgas y sólo acertó a exponer:

—Nada habría que agregar a este texto, cuya profundidad, que al negarse a disociar el método abierto de la práctica de la investigación de campo, ha dado entrada para rechazar la penetración de todo discurso del método; ¡ojo!; dando un punzante discurso acerca del no método ante la ausencia de una opción alburera válida. Ergo cogito.

O lo que es lo mismo, *se les hacía chiquito a los catedráticos el camino del curriculum.*

Cuando le entregué el título a mi jefecita, exclamó iluminada:
–Por fin, hijito. Por fin... da gracias a santa Epistemología. Ay no, no, hijo, nosotros firmes con la Virgencita de Guadalupe... *¡Gracias madre de Dios!*

Ya comenzaba a elevarse de nuevo mi jefecita cuando la jalé de la bastilla de su vestido y la aterricé:
–*¡No vamos a ir de rodillas...!* —cuando escuchó mi retobo sus ojos, como dos cántaros, se vaciaban.

Y ni pedo...

Ahí estábamos, ante la morenita del Tepeyac, ella, la Virgencita con sus manos juntitas, parecía decirme:
–*Vientos huracanados*, Maciosare, cumpliste como los buenos —casi casi me *sentía Juan Diego*.

–*Sí Virgencita. No le fallé a mi jefecita*, por eso te vengo a dar las gracias.. —con fervor atávico recogí mi barbilla sobre mi pecho y sentí el aroma de las rosas del Tepeyac, era como si me las estuviera ofreciendo mi Lupita, la Guadalupana.

Cuando salimos a la plaza de Juan Pablo, *bajo la sombra de la estatuota del papa*, mi madre persignándose me dijo de corridito:
–Y ahora, a trabajar, mi muchacho. Con la bendición de la Guadalupana vas a ver cómo te va a ir mejor. Ahora sí, ya no vas a sufrir por la lluvia, los rayos del sol, el frío, el aire o los granaderos. La calle va a quedar atrás, ya no venderás tacos, ni pantaletas; *ese negocio déjaselo al señor Salomón*.

Ahora tienes que buscar un buen trabajo donde ganes harto dinero y andes de traje y corbata y tengas tu oficina y tu secretaria y una buena mujer por esposa. Porque ahora sí ya debes de ir pensando en casarte y tener tus hijos, ya eres un hombre de bien —había acabado su discurso de bienvenida a un profesionista.

Parece que la *Guadalupana no le cumplió su deseo* a mi jefecita porque ¿qué cree? Nunca supe cómo nos cayó el chahuistle de nuez; *mi karma oaxaqueño ahí estaba*.

En medio de la enorme plaza de la Basílica, rodeados por las palomitas que volaban y aterrizaban a su alrededor, confundiéndose con los danzantes, *estaba la santísima Trinidad de mi destino*:
¡Dios suegro, Dios suegra y la Chanclita! Ella iba esplendorosa, en sus brazos cargaba un enorme ramos de rosas rojas.

–*¡Felicidades, hijo!* ¿Cómo eres, por qué no nos avisaste que te ibas a recibir? ¿Qué te hemos hecho?

Con el modo ranchero más amable de que era capaz mi suegro,

me abrazó, me besó; abrazó a mi madre, la besó; me dio un santo manazo en mi espalda quesque de cuates. Todavía en la noche me ardía la piel.

—*¡Perfecto, Macs!* La hiciste, te recibiste y ahora nos vamos a comer una barbacoa. Mi papá nos la va a disparar.

Era la vocecita de una Chanclita toda ternura, hasta la sentí enamorada; me besó, me abrazó, se rio conmigo, me agarró mis manos, era un mar de amor asaltando las profundidades de mi ser.

Algo así como que nada más me decía "corazón" y *me derretía como manteca de cerdo*.

Para qué negarlo, la abracé, la besé, tuve su cuerpo en mí cuerpo. Mi mamá no le hizo el feo. La Chancla, muy lista, la abrazó y la encaminó al amplio auto del suegro. *Mi mamacita lloraba, parecía que de felicidad:*

—Vamos, hijo, hay que celebrar —me dijo mi madrecita santa y susurrando a mi oído agregó—: Pero no la vayas a regar.

La verdad, si usted ha gozado el amor, contenga su condenada crítica y compréndame.

¡La cagué! Lo acepto. Yo solito la cagué y no me limpié.

Yo como los caballos de carreras, *iba con la vista fija en la meta*. El pensamiento obsesivo era mi carrera profesional y perdí de vista el bisnes.

Y ahí tiene que me le paro enfrente a Salomón, y le digo con harta decisión que el trato de las pantaletas "Sirenón" valía gorro. ¡Ni chance le di de respirar, *lo dejé pendejo ante semejante babosada*!

Se me quedó viendo horrorizado. Lo peor de todo es que lo decía con un inmenso orgullo:

—*Me voy a trabajar de sociólogo*. Ya llegó el tiempo de sacarle provecho al título —el güey me miraba con la boca abierta y la baba que como cuerda de yo-yo le subía y le bajaba.

(Yo no sabía ese día sino hasta ahora que Salomón había estudiado diseño en la Universidad Anáhuac. Trabajó un tiempo en una compañía, pero no ganaba lo que gana vendiendo ropa en sus tiendas y sus bisnes en los tianguis. Eso sí, su educación lo ayudaba para saber aprovechar la creatividad de los otros.)

Y seguí con mi nata escurriendo de mi bocota.

—Te dejo el negocio de las pantaletas. Yo ya me decidí: ¡Voy a casarme!

Al más puro estilo chilango, Salomón me dijo:

—*No mames, güey*. ¿De cuál fumaste?

Impactado mi compadrito ante tanta fuerza de decisión, todavía, en buen plan, quiso hacerme recapacitar, sacó una banderita mexicana de papel y, con el saludo militar, comenzó a cantar: *Mexicanos al grito de guerra... el acero al prestar el bridón y retiemble en su centro la tierra, al sonoro rugir del cañón... Más-s-osare un extraño enemigo profanar con su planta tu cielo, un soldado en cada hijo.* Y ni así recapacité, *me fui con el sonoro rugir del cañón*.

—Sí... Salo, es derecha la flecha...

—Y con quién...

—*Con la Chancla*, ya regresó.

—¡Ay güey! ¿Y volverá a irse?

—Nooo'mbre, ya *maduró*.

—¿Estás seguro? —insistió solidario. Aunque, lo que sea de cada quien, Salo dijo que "El que por su gusto muere, muere a gusto del susto".

—Socio, ahorita no tengo dinero, me agarras ahorcado, porque ya ves que invertí para aumentar la producción de las pantaletas, pero de cuates te voy a dar *unos abonitos de retirada* —sus ojos comenzaron a sonar como caja registradora. Es más, te compro el puesto...

Yo pendejo pero abusado a la hora buena pensé en mi jefecita:

—No, compadre, es de mi jefecita...

—*Okey* —Salo se conmovió, me dijo y lo cumplió—: Yo soy el padrino de la boda. Pongo el vestido de novia.

—Con una condición, mi Salo...

—Cuál, Macs.

—Que seas el padrino de mi primer beibi.

—Está bien.

Me dije: Perfecto. *Tengo quién responda por el futuro del vástago*.

La reverenda cagada estaba consumada. Me cai que si hubiera habido Pepto Bismol ni con eso dejo de cagarla.

Pero yo no me di cuenta de la regada hasta que fui a pedir trabajo como sociólogo.

Bara, bara, comadrita, pantaletitas para su bizcochito bien bonito, baratitas.

32

Lo más gacho de los amores a destiempo es el cortón y el desengaño que viene de atrás tiempo.

¿A dónde cree que fui a pedir trabajo? *¡A! gobierno!*

Y no fue fácil; pasaron un montón de meses antes de que consiguiera una plaza de investigador abonero en el Museo Nacional de Culturas Populares.

Eso no fue lo menos peor.

Lo más gacho era darme cuenta que ganaba la cuarta parte de lo que sacaba vendiendo pantaletas en la calle.

Ante tan magro salario me calenté como granizo y me derretí en un viejo sillón burocrático, porque son unas chinguitas eso de estar sentado sin hacer nada; me entraba una desesperación en las nalgas por salir corriendo del mentado museo que nada más *uno se está rasque y rasque el cicirisco.*

En esa época había un mono que le decían el Chiquitín, doctor en antropología social, quesque andaba haciendo un trabajo de campo con las inditas de La Merced; eso, sin contar *los arrempujones que les daba a las más bonitas.*

Por el resultado de esos trabajos concibió una exposición con sus objetos culturales: las indígenas, a quienes con ingenio *les puso un apodo muy pegador en los mass media: ¡Marías!*

Para esto debo decir que en ese Museo todos eran unas luminarias académicas. El señor director tenía un doctorado por su estudio psicocultural "sobre el impacto mental en el abdomen del individuo ante el consumo cotidiano de la torta guajolota". *Esas tortotas con un tamal adentro que venden a las salidas del Metro.*

La receta fue recolectada por mi humilde persona en la estación de autobuses de la vía Tapo:

–Un bolillo calientito lo abre y, sin quitarle el migajón al pan, mete a todo lo que da un tamal.

Los sujetos culturales acostumbran, en las mañanitas, empujárselo con un vaso repleto de atole blanco, hirviendo; *el COI prohíbe su uso a pesar de ser un esteroide anabólico natural.*

El señor director, con esa fina sensibilidad que lo caracteriza, dejó que le prendiera la idea del Chiquitín.

La exposición llevó por título:

"*Mole Doña María*: Una retrospectiva a quinientos años de la migración mazahua a la urbe con todo y guajolotes".

Los creativos de la museografía calentaron motores: imaginaron puestos de tianguis en la sala Bonfil Bataglia. Querían traerse a *dos que tres mazahuitas vendedoras de sopes y quesadillas* para que el día de la inauguración se pusieran a vender sus garnachas.

La socióloga y subdirectora del Museo ideó un juego interactivo donde se lanzaban naranjazos al rostro del visitante que pedía *ser retratado con vestimenta mazahua*. El juego se llamaba: "¡Para que veas lo que se siente!".

El día de la inauguración fue la sala que más éxito tuvo entre los visitantes barbones y las mujeres ataviadas con ropa hindú.

Eso sí, aquello terminó con *una reverenda borrachera a la salud de los jodidos*.

Un doctor firmaba con su chis la pared principal. Cuando salí del Museo esa noche me creí *un Ernesto Chic Guevara cualquiera*.

Pero al otro día la cruda existencial se me atravesó.

Dos meses trabajando y *no me habían pagado*.

Con eso de que mi compadrito Salomón iba ser el padrino de la boda me había relajado. Sólo mi jefecita no se confió. Mientras dizque me iba a trabajar de sociólogo al Museo, ella se ponía a vender pantaletas.

—Hay, hijito, no es por reclamarte, pero se me hace que en el Museo te están haciendo menso, *yo creo que si sigues ahí no te vas a hacer rico*. Por qué no mejor buscas trabajo en otra parte. Dicen que *en el Banco de México pagan retebien y los pensionan muy jóvenes*; con harto dinero.

—¡No te creo! Si dicen los del museo que los sueldos están muy jodidos en todo el gobierno.

—No, mi hijo, salió en las noticias. *En el Banco de México* a los señores Ministros los pensionan a los cuarenta años y les pagan mucho dinero en su jubilación.

—*Pero ése ha de ser recomendado*. No creo que a mí me den un hueso así.

—Ve, hijo, quien quita y rogándole a la Virgencita de Guadalupe y encendiéndole una veladora a san Juditas Tadeo, se nos haga.

—Jefecita, yo la veo muy pelona. Pero para que vea, *voy a ir al Banco de México para pedir trabajo*.

Fue una promesa guadalupana. Y cumplí. Fui al Banco de México a pedir trabajo de sociólogo. La Chanclita ya le había puesto fecha a la boda.

Bara, bara, madame, a su pura medida y no paga en dólares. Baratitas.

33

La realidad le muestra a uno la ingrata luz del día. Esos amores no eran para mí. Una pinche vieja muy perfumada, Mademoiselle Georgette Castaneira, me preguntó, si sabía hablar inglés.

Le dije la verdad, ni modo de mentirle. ¿Qué le decía? ¿Que nada más sabía lo que me habían enseñado en las escuelas públicas? Ay am. Yur ar. Ay guant yu o Fock yu.

Hice el culo chiquito temiendo que se me cayera el techo del edificio del Banco de México y le dije:

–No.

Georgette apanicada se tapó la nariz con los dedos y mandó llamar a un policía para que me sacaran; y me salí sin que san Juditas me cumpliera el milagro.

–¡Puras vergüenzas, jefecita, no, ni madre, no vuelvo a ir a un lugar así; esos güeyes viven en otro país, lo miran a uno como si los fuera a secuestrar; como si uno anduviera oliendo a caca y ellos a chis francesa! La verdad, me guacarié a la entrada del edifico, de pura bilis.

–Ay mi hijito, *¿no se apagaría la vela del san Juditas?* —ahí estaba mi madre todavía con su fe intacta. ¿Y ahora qué vas a hacer? La próxima semana te casas. Ni tan siquiera tienes en dónde vivir.

Ese día *ya no fui a trabajar al Museo* de Culturas Populares y dejé a mi mamacita con sus palabras rebotando en el cuarto.

Me largué a viajar en Metro.

Anduve como un pendejo viajando primero por la línea uno, viendo a la gente cómo subía y cómo bajaba del convoy; me entretenía en verles las nucas, tratando de meterme en sus cabezas para saber qué pensaban, cómo vivían; sobre todo quería saber cómo le habían hecho para vivir, porque se veían bien, a no ser que como decía mi jefecito: caras vemos, corazones no sabemos. Pues porque está cabrón vivir. Tenía veinticinco años y estaba hecho un reverendo camote existencial. *Me pesaba la ausencia del jefe.*

Me bajé de la línea uno y pasé a la dos. *Como quien se rasca primero las pelotas* a través de la bolsa derecha y luego por la izquierda. Me senté detrás de un viejito ciego, rumiaba; yo le veía fijamente sus orejas, quería colarme en sus pensamientos, cómo le había hecho para aguantar tantos años, *se veía jodido pero sonreía*, o ¿no sonreía? Traté de rascar con mi mente su mente, cómo podía tener esa cara tan risueña a esa edad. Y esa señora riéndose con el señor que la acompaña, se veían sin pedos. Fue cuando me di cuenta de la masturbada existencial en que andaba:

–¡Chale... *ando chaqueto*! —externé mi pensamiento y, como si me hubieran dado una descarga eléctrica en el culo, me levanté, bajé y transbordé a la línea tres.

¡No lo hubiera hecho! Chingaderas que le hacen al corazón. Y es que cuando le toca a uno bailar con el son de la Negra, ni aunque toquen hip hop deja de sonar a son.

El tren estaba parado, bajaba gente, yo la miraba. Llegó el convoy que iba en sentido contrario. Mi corazón se frunció cuando descubrí a la Chancla. Estaba en uno de los carros; iba agarrada del tubo, platicaba con un cuate trajeado, se veía que eran cuates; me entró la duda, el saque de onda. ¿Y qué tal si este güey le anda *correteando las lombrices a mi Chanclita*?

Con ansiedad quise bajar del convoy para cruzarme al otro andén. El convoy avanzó. Dudé, me controlé: "tranquilo", y qué tal si no son nada. En la lejanía la Chancla se reía y miraba los ojos del hombre; tal vez sólo eran cuates. *El convoy me metió en la oscuridad del túnel.*

Me bajé de esa línea y subí a la cuatro: Viendo a los estudiantes enamorados me pregunté si estaba preparado para casarme con la Chancla.

No se vaya a reír, las cosas se ven fáciles cuando uno no está enamorado.

En esos momentos, como si un fierro candente penetrara en carne viva, acepté que todos estos años la Chancla me había traído de nalgas; estaba consciente: la quería más que a mi vida. *Lloré*.

Un pinche escuincle, de ésos que andan en el Metro, que no tienen padres, y andan hasta la madre de droga, me dijo, contundente:

–*Vooy, carnal, tan grandote y tan chillón*.

Yo sí que le suelto una patada y un coscorrón al chiquillo. El chiquillo se espantó. Yo bajé del convoy.

Bajé del Metro y fui a ver mi puesto de pantaletas.

Ya era tarde pero mi jefecita seguía vendiendo.

Abracé a mi mamacita con todo mi cariño, le besé su carita:

–¡*Perdóneme, jefecita*!

Angustiada me acariciaba, sonreía para tranquilizarme.

–¿De qué, mi hijito...? —toda extrañada dejó las pantaletas.

–Jefecita, no la vuelvo a dejar con la palabra en la boca.

–Yo te entiendo, andas preocupado.

–*No la veo llegar*. No creo tener un buen trabajo de sociólogo. Aquí en la calle ganó más. Y no le veo la cara a ninguna vieja mamona del gobierno.

–*Ya, mi hijo, olvídalo*.

–¿Cómo? Pinche vieja mamona me hirió en mis flaquezas.

–*Vino tu hermano*, quién sabe que le picó. *Me dio dinero, ¿tú crees?*

–Vea jefa, *ése no estudió* y le va bien, *hasta un rancho tiene*.

–Lo que me dio te puede servir para rentar un cuarto para ti y tu esposa.

–No, jefecita, ese dinero es de usted...

–No, es tu regalo de bodas. El Matemático me dijo que en la colonia Guerrero rentan un cuarto con su cocina y su baño.

Madre sólo hay una; la de uno, ahí estaba esa mujer cuarentona, todavía con mucha vida, sin doblarse ante tanto chingadazo. Sentí vergüenza de que en el Metro se me haya fruncido el culo.

Fui a hacer el trato de la vivienda.

(Lo que son las cosas: al Matemático le debo tener casa propia. Con los terremotos del 85, quedó afecta la vecindad. El gobierno nos construyó o reconstruyó los edificios con dinero de unos religiosos, Cáritas, creo se llaman.)

Pasé a Garibaldi con la Magda, tenía algo que decirle.

De frente, como hubiera hecho mi padre, le dije a la Magda que me iba a casar:

–Está bien Macs, *contra el enculamiento no hay* nalga, brujo, psiquiatra, santo o astrólogo que valga.

Eso me gustaba mucho de la Magda. Todavía quise seguir pegando mi chicle:

–¿Te podré seguir viendo, Magda?

Ella se echó a reír, sus tetas enormes se untaron a mi cara.

–Maciosare, *no cambies* pase lo que te pase. Prométemelo.

Se lo prometí sin entender bien a bien qué quería ella que yo no cambiara.

Me acuerdo y me veo. No lo cumplí porque la vida sigue su rumbo y uno quiera o no los chingadazos te van moldeando para sobrevivir. ¡Pobre Magda!

Me duele mucho que la hayan matado... ¡Y de esa manera!

Bara, bara, morenita, pantaletitas para los culitos queridos, baratitas las pantaletitas.

34

La Magda todavía fue a mi boda, aunque le sacó un pedote a mi suegro. Brindamos y la Chancla se puso celosa y mi madrecita fue su amiga esa tarde.

Fue una boda en grande: mariachis, conjunto tropical, ron, brandy, güisqui, tequila, barbacoa, mixiotes, pollo en mole, arroz con chícharos y un chingo de gorrones, bueno, *hasta mi hermano llegó disfrazado de norteño*, con todo y botas, y su nueva esposa, una cantante norteña, famosa; me cantó:

—*¡Ay amor! En la triste soledad de mi agonía pasa el tiempo silencioso y sin sentido...*

Aquí entró haciendo dúo la Magda:

—*...acabando con lo poco de mi vida, has dejado tus desprecios y tu olvido...*

Las dos hembras se me acercaron y bebieron sus copas a mi salud. La Chancla se emputó, *con los ojos me reclamó*; pero ellas cantaban con sentimiento:

—*...bodas de agua van segando mis pupilas, son mis manos temblorosas las que imploran, y mi voz de pena calla tus mentiras.*

Bebí de la copa de la Magda y luego de la de Chayito, la cantante; mi carnal me abrazó y me dijo:

—Bien, carnal.

La Chancla *tiró el pastel de quince pisos de puro coraje*, me cai, de ese tamaño lo ordenó mi suegro, el Taquero.

Magda me abrazó, me besó, me cantó al oído:

—*... y mis ojos se han cerrado, sólo lloran, estoy perdida, en el letargo de mi vida.*

Y me puse a cantar con ella:

—*Lamento el tiempo que mis años van marcando, como fiebre que a su paso va dejando, con la huella de una fe casi perdida...*

Bebí y besé a la Magda. El suegro discreto se acercó:

—*No te manches, cabrón.*

La Magda se rio, bebió y se alejó con Chayito... Mi mamacita estaba cerca de mí:

—No te vayas a emborrachar.

Salomón me enseñó unos boletos de avión, cantando me dijo:

–En el mar la vida es más sabrosa; *a las siete sale el avión para Acapulco*.

–Vámonos... —me dijo mandona mi Chanclita.

Yo, como tenía ganas de reconocer esas nalgas, pues como corderito la seguí, no me despedí de nadie; *fue mi perdición*.

La Chancla creyó que seguía siendo el buquecito de siempre.

Bara, bara, mujercitas, pantaletitas 42, baratitas, a su pura medida.

35

Ni madre, ni madre le recibí al suegro. La Chancla se chingó; tuvo que vivir conmigo en la vecindad de la calle Sol.

Cuando regresamos de nuestra luna de miel en Acapulco, ya mi mamá había dizque amueblado nuestra vivienda; incluso me dio una lana para irla pasando mientras me pagaban en el Museo de Culturas Populares.

Eso sí, *pensé*, a menos que me llegara una oferta de trabajo del extranjero, de la ONU o de la Organización Mundial del Comercio, no volvería a trabajar de sociólogo.

Me sentía entrampado con eso de los estudios y los títulos porque resulta que la Chancla ya era periodista y hasta colaboraba en *La Voz del Ajusco*.

Claro, al estilo Chanclita: cada que le daba la gana. Y como no le pagaban, menos compromiso sentía con su trabajo. No veía en ella ninguna vocación.

Ella me contó que todo el tiempo que estuvo en Cipolite, Oaxaca, había estudiado la carrera en el Sistema de la Universidad Abierta; yo más bien creo que *algún sinodal la examinó extramuros*.

Me daban ganas de reclamarle, pero parecería pura envidia social. Sentía feo, yo estudiando en las aulas del Alma Mater y ella en un fast track obtuvo su licenciatura.

Yo la veía y la volvía a ver, y ella como la fresca mañana ni pizca de remordimiento, antes al contrario se sentía mucho porque se creía periodista y su objetivo máximo era ser concesionaria de un canal de televisión para que *todo mundo —la sociedad y el gobierno— le hiciera los mandados*.

Una mañana de güeva dominguera los pichoncitos estábamos

desayunando en el zaguán de la vecindad unas sabrosas enchiladas con arroz, como sólo doña Xóchitl, hija, las hacía. Yo para completar la receta pedí mi cerveza bien helada, como dije:

–*Una chela bien helodia*, para empujarme las enchiladas, por favorcito, Xóchitl —ahí estábamos los recién casados en medio de puros vecinos crudos y dos que tres incróspidos. Fue cuando llegó el suegro, ni saludó, de sopetón nos la soltó:

–Vengan, encontraron *muerta a tu madrina*, Chanclita...

–¿*La Magda*? —pregunté, atragantándome las enchiladas.

El suegro nos miró y dándose la media vuelta, me dijo:

–*Sí, pendejo... ¡Muévanse como anoche!*

Todos los presentes se callaron, mustios, unos aguantaban la risa y otros con cara de compungidos esperaban que les creyéramos que "*nos acompañaban en nuestro dolor*".

La Chancla, silenciosa, se levantó. Yo le hice señas a la vecina que "de regreso le pago".

Nadie dijo nada más, más que el suegro:

–Hay que ir a la delegación de policía para que nos entreguen el cuerpo.

Eran esos días, de esas épocas, que parecen durar toda la vida; por las madreadas que va recibiendo uno; *una tras otra se van acumulando* sin que uno se sienta heroico, más bien uno dice: "¡Chale!, qué madriza me estoy llevando y ni siquiera el destino me da el chance de meter las manos".

Puro sentimiento griego permeaba la atmósfera; y lo más gacho es que si volteaba a mi alrededor para consolarme, diciendo, yo soy el único que sufro, no lo podía hacer.

A cual más se le aparecía su Eurípides o su Sófocles con el sofocón.

Aquí *era el tiempo perenne de aguantarse la risa*. Tal vez, por eso, en lugar de maldecir uno se comienza a contar chistes y a bailar y *a cantar sin rajarse*, por eso *cuando hay una tragedia la gente no dice: "me voy a aguantar el dolor"*, sino "hay que aguantarse la risa".

Y estando en esas situaciones, el mismo puto país bailaba con la más fea de la fiesta: los precios del petróleo habían bajado de nuevo y *pura pistola* con aquello de administrar la riqueza petrolera; *y el Banco Mundial y el FMI con sus recetas para exterminar a los jodidos*.

Era el tiempo de cuando se inició que corrieran a los burócratas. Iban a privatizar el putamadral de empresas que tenía el gobierno, y yo, imagínense, estaba casado, no tenía empleo, mi jefecita vendía pantaletas, y a la Magda la habían encontrado muerta. Ya ni los perros me miaban, me los comía en tacos.

Mi corazón se arrugaba y el único consuelo eran las nalgotas de la Chancla, *¡ni pedo dijo Sigifredo!*

Cuando llegamos a la delegación de policía el suegro entró con la Chancla. Me quedé afuera, quería estar solo para respirar. Había un chingo de vecinos y curiosos de Garibaldi, la colonia Guerrero, Tepito, la Merced, la Buenos Aires y la Doctores. Se decía, que iba a llegar gente de la Santa Julia, la Anáhuac, Tacuba, Tacubaya, Iztapalapa y hasta del barrio de San Juan, de Guadalajara; y montón de aristócratas de los millones de trabajadores de la economía informal en la zona metropolitana de la antigua México-Tenochtitlan y Latinoamérica.

Pero, *la Magda*, además de ser famosa por buenota era una leyenda de los cabarets de la gran Tenochtitlan. Nada menos y nada más *la última vieja con la que anduvo el Macho Prieto*.

Al verme, la gente muy acomedida comenzó a darme información; no me dejaban respirar:

—*La lengua la tenía de fuera*, la tenía *del tamaño de la de una res*. Pobre Magda, se la cobraron y gacho.

Los chismosos eran minuciosos en sus descripciones:

—*Un brazo lo tenía zafado*, chueco, como si se lo hubieran quebrado; los dedos se juntaban con el codo. ¿Has visto al Perro Aguayo cuando lucha y se le zafa el brazo?, igualito.

Al terminar de contarme alguien, otra voz hilaba el siguiente relato:

—*Pobrecita, Magda, cuando estaba colgadita parecía piñatita*, el cabello lo tenía apelmazado; por la sangre que le chorreó del agujero que le hicieron en la mollera, pobrecita, ha de haber sufrido mucho; eso estuvo desalmado; si la iban a matar para qué hacerla sufrir tanto, *con darle su 'state quieta*, y ya, no que: Dios la tenga en su Santa Gloria. Ay mijo, si no te casas con la Chanclita te andan dejando viudo.

La viejita de la Santa Julia se persignó; pero de inmediato se acercó un señor de edad con aliento a cerveza:

—La gente toda la santa mañana la estuvo viendo colgada; se imagina, joven, ahí la Magda, colgadita, en el balcón de La Casa del Mariachi. *El sol tatemó a la difuntita*.

Un niño con su paleta de hielo agregó viéndome de abajo a arriba:

—*Llegó bien tarde la policía* como a las doce del día —el niño me dio una palmada en el estómago y se fue de la mano del viejo; parecía ser su tío.

En la esquina de la delegación un grupo de señoras con delantales a cuadros y bolsas de plástico para ir al mercado se organizó para rezar un rosario.

—Para que nos devuelvan el cuerpo de la Magda —dijo la líder del grupo.

—Y darle cristiana sepultura —contestó el coro. *Comenzaron a darse con fuerza inusitada golpes en el pecho*—: ¡Santo! ¡Santo! ¡Santo!

Apenas comenzaban a rezar, el llanto convulsionó los cuerpos hincados. Tan agudo era el llanto colectivo que se confundió con el sonido de las sirenas de las patrullas que en manada comenzaron a llegar.

Las patrullas con las torretas encendidas avanzaban sobre la gente que estaba rezando; a la gente le valió, no dejaban sus rezos; hincadas se hacían a un ladito, como si formaran filas sobre la banqueta.

Las patrullas dominaban la calle, coordinados bajaron los policías con sus garrotes; formaron una fila de patrulleros.

De una patrulla bajaron dos policías con un teporocho. Éste llevaba una sábana; iba oliendo una de las puntas y se chupaba un dedo con gran placer. El hombrecito era apachurrado por los dos cuerpos panzones de los policías; sus pies no alcanzaban a tocar el suelo.

La gente rompió filas, con botellitas rociadoras mojaban al hombrecito apretujado.

—*Saca al demonio que llevas dentro*.

Cuando los policías entraron a la delegación dejaron caer el cuerpo del teporocho. Un impenetrable muro de granaderos selló la entrada.

La gente volvió con fervor a darse golpes de pecho hasta toser:

—¡*Cof*, Santo! ¡Cof, Santo! ¡Cof, Santo!

Una de las señoras me dijo en susurros:

—*Es el Macho Prieto*.

—¿Es teporocho?

—No, *está loquito*; se le fue la onda cuando mataron a la Eva. Ahora dicen que *él ahorcó a la Magda*.

—Encontraron muchas cajas con cajitas de pantaletitas, talla 42 —aseguró el cantante del mariachi Los Bravos de San Goloteo el Chico.

—Las pantaletitas tenían en la parte afelpada... traían de lo que luego trae el Arqueólogo, su brother.

El suegro salió con la Chancla.

–Hasta mañana nos la dan —me echó un brazo por la espalda y en voz baja comentó—: Dice el doctor que fue del corazón.

–¿Y el teporocho que trajeron?

–¿Macho Prieto? Pinche loco, pasas a creer, bajó el cuerpo de la Magda amarrada con unas sábanas por el balcón.

–¿Y para qué lo trajeron?

–*Pobre cabrón, lo dejan allá y lo cuelgan de los güevos*; con lo caliente que se pone la gente con los noticieros de la tele.

No sé si lo dijo de mala leche, pero me sentí aludido, a mi jefecito y a mí siempre nos gustó ver la tele.

Todavía guardo mi credencial del Club Quintito y mi fervor filial por el Tío Gamboín. Mejor abracé a la Chancla.

La Chancla no vayan a creer que lloraba por su madrina, no, qué va, me abrazó. Creo, fue la única vez que volví a sentir su cariño como en el Ce Ce Ache y eso dio motivo para *lo que al ratito se sabrá*.

Su jefe, mi suegro, con su lancha motorizada, nos dejó sobre el Paseo de la Reforma, por donde hay un hotelito, nos dijo:

–Yo aquí los dejo, voy por las tortillas para los tacos.

¿Es el destino?, ¿la suerte?, ¿las circunstancias?

La cosa fue que al ver el letrero del hotel nos entró el fervor de la nostalgia ceceachera. Y sin decir agua va, que nos metemos al lecho de los amantes fugaces.

Esa tarde nos quisimos tanto.

Y lo hicimos por arriba y por abajo.

De a pechito y de a cañón; tocando trompeta y pesando los perones; de angelito y de patitas al hombro; con la sillita a dos patas y de a carretillita.

Me aventé el salto del tigre y adoré sus orejas; recobré mi complejo del Evenflo y descubrí cómo su melones estaban maduros.

Bebí de sus humores y yo era una manguera con la llave abierta.

Ella cabalgó como un jinete en el lejano oeste y yo como una víbora. Empapado de la curiosidad de Marco Polo, recorrí el lejano oriente.

Esa tarde en la penumbra vaga del viejo cuarto de hotel, *los muros se humedecieron* y las paredes sudaron y nosotros *éramos cuerpos derretidos fundiendo sus siluetas en las sábanas* de una cama rechinadora.

Esa noche fuimos un monumento a los querendones.

Sobra decir que, así, sin quererlo, *la Chancla quedó embarazada.*

Ahora que lo cuento, me explico el por qué cuando ando triste me tenso.

Por nombre *le pusimos Jorgito al niño*.

Bara, bara, muñequitas, ya llegó el uyuyuy de los motorcitos v8. Baratitas las pantaletitas.

36

La vida es así: primero hay dos personas que se cogen cariño y luego hay un tercero que los une; pero también es así: la Chancla, al primer mes de dar a luz, me botó el biberón y ni tan siquiera me dijo good bye.

El embarazo fue una bronca. Y no por la Chancla que, hasta eso, resultó buena paridora. *La bronca fue el dinero.*

Mi mamá, ahora, vendía calcetines, decía que salían rápido y más los de Mickey Mouse; pero cuando Dios da hasta parece gandalla: llegaron los granaderos y los de la Policía Federal y levantaron a todos los vendedores de la estación del Metro.

Mi madrecita lloraba en silencio. Su rabia era imparable, decía que llegaron los granaderos, la agarraron del cabello, la arrastraron por la banqueta; por no querer soltar sus calcetines del ratón Miguelito.

Pero diez cabrones con garrotes y escudos pueden más que una señora; dos patadas en los costados le sacaron el aire y soltó los calcetines.

Mi mamá salió esa noche en los noticieros de la televisión. Era señalada como una amenaza a las finanzas sanas del país; *sus actividades restaban confianza a los capitales financieros de Wall Street.*

Georges Soros podría temer invertir acá y todo por culpa de mi jefecita y sus calcetines de Mickey Mouse.

Los líderes empresariales la acusaban de no pagar impuestos. Los intelectuales aconsejaban que si el país quería ser del primer mundo, había que respetar la leyes y castigar a los transgresores. Los partidos políticos que accedían al poder la veían como "un emisario del pasado". *Y rájale*, se veía clarito cómo mi jefecita era *arrastrada de sus greñas por toda la banqueta*. La traían como escoba de barrendero municipal.

El reportero mostraba las pruebas del delito: *unas calcetas de Daisy y unos calcetines del ratón Miguelito*.

–*Piratería*, evasión de impuestos, venta de mercancía robada, ataque a las vías de comunicación, daños al patrimonio cultural de la nación. Ésos son los delitos que a diario se cometen a las entradas del Metro; además atentados al medio ambiente y destrucción de monumentos históricos. El gobierno ha dicho que México es un país de leyes y que éstas se harán respetar cueste lo que cueste.

A esta señora, así como la ven, se le decomisaron quince mil calcetines de la marca Walt Disney, se cree que fueron robados de un trailer en la carretera a Nogales, Sonora.

Ella, informaron las autoridades, es pieza importante del cártel del Ratón Miguelito, peligrosa mafia dedicada al robo de trailers en las carreteras.

Mi mamá sólo exclamó:

–Mentirosos, sólo eran cincuenta pares de calcetines y me los vendieron en la fábrica donde los hacen. Ya ves que no pido factura, porque si la pido me cobran el IVA. ¿Tú crees que si fuera cierto me hubieran dejado ir con una multa por ensuciar la calle?

Colgué mi título y me puse a trabajar en serio.

Me jodía ser honesto conmigo mismo: me veía en un espejo y aceptaba, tenía la cara de güey cansado; quería vomitar.

Al anochecer, cuando llegaba a la vivienda de la calle de Sol, era como llegar con Soledad. *La pinche Chancla nunca estaba*; y no había con quién doblarse del dolor. Cuando no andaba en los puestos de tacos de su jefe, decía que andaba reporteando para *La Voz del Ajusco*.

Era una pingüica con demasiada cuerda, ya estaba bien panzona, y sólo llegaba a dormir seis horas; quería comerse el mundo como fuera y a la hora que fuera.

Y para acabarla de chingar, mi suegro, el Taquero, cómo chingaba con que cuidara a su futuro nieto, *la prolongación de su raza*.

De repente para quitármelo de encima le aceptaba algunos billetes. No crea que me hacía el encajoso, no, nada más era para hacerlo sentir bien.

Cuando el suegro me preguntaba dónde andaba la Chanclita, yo le decía que había ido al doctor. *¿Para qué quejarme o balconear a la Chanclita?* Nada más sería amargarle el orgullo del nieto y nos hubiera levantado la canasta de su solidaridad paternal.

Me da pena contarlo, pero *el día que le agarró la prisa a la Chanclita* andaba entrevistando a un funcionario de la Secretaría del Medio Ambiente, en el Aeropuerto Benito Juárez.

Y ya sabrá, el puro numerito... otro poquito y da a luz en pleno Anillo Periférico.

Ahí tiene que cuando la llevaban en una camioneta de la Secretaría de Hacienda desde el aeropuerto al Hospital de Perinatología del DIF, el que está por Lomas Virreyes, que los detiene una marcha de protesta de los maestros; querían *aumento salarial.*

Eran un montón de señoras, maestras de Oaxaca. Estaban en plantón a mitad del Periférico. La Chancla se espantó porque comenzó a escuchar lloros como de bebé.

–¡Cuñá, cuñá, cuñá...!

Y sin decir agua va, los granaderos rodearon la camioneta donde iba la Chanclita. Más se espantó. El asfalto se cimbró cuando los granaderos marcharon, sus botas brillosas rechinaban. Los lloros se acentuaron:

–Cuñá... cuñá... cuñá...

La Chanclita con trabajos se *comenzó a ver en medio de sus piernas si se asoma Jorgito*, pero no.

Y de repente. Un arrastradero de maestras. Un montón pasaron por la ventanilla de la camioneta, *todas llevaban un biberón con coca cola* e imitaban el llanto de los bebés.

Fue cuando la Chancla tuvo otro aviso.

Ya Jorgito quería asomar la cabeza, pero la Chancla todavía no quería que su bebé viera la luz del mundo en ese momento.

Fue cuando creyó zurrarse pero no... *era una motocicleta desvencijada*, de un cobrador o abonero de las lavadoras Cinsa.

La Chancla como entre sueños alcanzó a escuchar al hombre de la vieja Carabella:

–Si se aguanta, seño, la puedo llevar atrás...

La Chancla, sudando, dijo:

–Como va, abonero, que ya se me quiere salir el producto de mi amor.

La Chancla sentía la cabeza de Jorgito sudando por asomarse cuando la acostaron en una camilla del hospital.

Yo a esas horas ni en cuenta. Estaba en la solitaria estación del Metro, estábamos rodeados de granaderos que impedían vendiéramos pero ya nuestro líder se había apalabrado con sus jefes; ellos estaban ahí para la foto de los periódicos, parecían estatuas de sal comiendo tacos. Con ellos el puesto de tacos del Matemático era un éxito.

El Matemático se asomó, me hizo señas de que me hablaban por teléfono.

Contesté, eran los del Hospital.

Cuando colgué el Matemático me preguntó:

–*¿Qué fue?*

Yo, la neta, con una sonrisa de oreja a oreja, como si fuera la órbita del Haley, le dije:

–*Machín, mi buen. Machín...*

Y en ese instante que llega mi sobrino Alfredito... Me asusté... Por ésta...

Sin que me viera mi sobrinito me escondí debajo del mostrador, me hinqué, comencé a darme golpes de pecho con convicción:

–Sébalo, sébalo, diablo panzón, sébalo, sébalo, diablo panzón... —el Matemático, riendo me decía:

–*Guau, guau, guau... Maciosare, te habla tu sobrino...*

El Alfredito iba vestido de mujercito. Ya en esos días se comenzaba a descarar:

–Tío, vine a pedirle un favorcito...

Eso sí, salí como los machos, aparenté que no me importaba que mi sobrino fuera gay. Es más, a todos los mirones muy discreto, con la mano, les hice la señal de los caracolitos y de manera ostentosa me agarre los güevos, como diciéndoles: "*¿Qué ven güeyes?*".

Pero ya veía venir el cotorreo con los cuates de la estación del Metro. Le advertí en voz baja al Matemático:

–El que se ríe se lleva... Botellita de jerez todo lo que me digas vas y chingas a tu madre al derecho y al revés, ¿quieres que te lo diga otra vez?

–*¡Déjalo ser, Let it be, mi buen!* —reía el ex-maestro. Salí de mi escondite sacudiéndome mis ropas...

–Qué p'só, sobrino, qué milagro, qué quieres... en qué te puedo ayudar... —*lo hipócrita me salía rechingón.* No le daba chance de respingar al Alfredito, fue cuando llegó mi mamá, abrazó al Alfredito; y los tres fuimos al hospital.

Baras, baras, pantaletitas bonitas, para que no sudes ni se acongoje con el jocoque, baras, baras.

37

Cuando hay amor, las consecuencias no se hacen esperar. El problema es buscarle el nombre. Y más cuando los suegros son metiches. Y uno anda con agujeros en los bolsillos. Y el yerno tiene que verles la cara.

Llegué al hospital en taxi. Ya estaban ahí el suegro y la suegra. El suegro me miró con cara de taquero sin tortillas:

–*Qué p'só, cabrón. ¿Dónde andas?* Trajeron en una motocicleta a mi hija. Ya ni chingas, todo por andar vendiendo pantaletas; en lugar de ponerte a trabajar en tu profesión.

No lo pelé, saludé a mi suegra. Pero el suegro siguió:

–*¡Tantos estudios para puras vergüenzas!* Si no tenías dinero, un telefonazo, suegro, vamos a tener un chilpayate; pero no, andas pendejo. ¡Pinche hospital mugriento!

Pinche viejo gacho, el hospital me parecía bonito, había muchos doctores chilenos trabajando; y eran especialistas en perinatología. Le iba a decir eso al suegro, pero el güey, recitando su mamonería, me dijo:

–Si no es por la Chancla ni nos enteramos. Qué mala cara has visto para que no quieras que conozcamos a nuestro nieto. Somos taqueros, pero trabajadores, qué, te crees mucho por tu pinche título.

Ni chance me daban de decir: "¡Ah!".

Todo era un puro descontón verbal. Habíamos quedado la Chancla y yo de no decirles a sus papás cuándo iba a dar a luz; no queríamos que fueran a verla al hospital. Así era ella, siempre desdecía su palabra comprometida, no había chance de ofrecerle confianza porque lo que decía no quería decir nada. De nuevo me había embarcado con sus jefes.

Apechugué los reproches porque sabía que iban a pagar la cuna, los kleen bebés y los gerbers.

Conforme el taquero me iba regañando, yo me iba haciendo hacia el pasillo, donde se encontraba la caja del hospital, pensé: otro pellizquito por ojeis; yo nada más miraba hacia el suelo y me esculcaba las bolsas de mi pantalón.

El suegro se puso nervioso:

–Hazme caso. ¿Qué tanto te buscas en las bolsas? Se me hace que ni a pelotas llegas —miré a la caja, mi suegrito del alma, vio también hacia la caja; y sí para qué digo que no si sí, solito se embarcó.

–Qué cabrón, no tienes para pagar, ¿eso te preocupa? Ni que fuera un pinche hospital pomadoso... De una vez, vente, vamos a pagar...

Y como éstas, *el suegro pagó con una donación de sangre la cuenta del hospital*. Ahí hubo otra enredada. El güey quería escoger al padrino.

–Me lleva la chingada —murmuré.

–¿Qué dices, güey...? —me dijo mi suegro, y como se estaba quedando sordina, hice como que gruñí.

–Nada, pensaba a lo pendejo.

–Ah, vente, vamos a ver al niño.

–No nos van a dejar verlo —le contesté.

–Ah chingá, *pues si para eso pusiste tu parte, güey*. ¡Exígeles! *No se haga de menos*, dígale a la enfermera: "yo soy su padre".

Tuve razón. No nos dieron chance de verlo, sólo de lejos, desde una ventana del cuarto de incubadoras.

El suegro se esponjó, hinchó su pecho, aclaró su garganta, y exclamó:

–Quiquiriquí. Ahí está mi nieto —yo le di chance de que hiciera el gallinazo. Nada más para constatar su parecido con el locutor, Paco Stanley.

Pensé: "pinche viejo payaso". Me sentía triste. Fue cuando me acordé de las palabras de mi madrecita santa.

Fui a hablar con el doctor para saber cuándo saldría la Chancla.

–Mañana, *a las doce del día se la entregamos con el niño*.

Cuando se fue el doctor se acercaron el suegro y la suegra y me preguntaron a qué hora salía la Chanclita y el nieto. Y yo les dije:

–Hasta pasado mañana a las cinco de la tarde.

–¿Por qué? —preguntó con cara de espanto el suegro.

–Porque van a dejar al niño otro día en la incubadora para que agarre potencia.

Los güeyes como me vieron tan seriecito se la creyeron toda; pero desde ahí perdí credibilidad a sus ojos. Fue cuando comenzaron a alejarse. Perdí y gané a la vez.

Baras, las pantaletas, baratitas para Reina, a su pura medida, no sufra, baras, baras.

38

Yo creo, la Chancla, nada más le estaba midiendo el agua a los camotes. Se largó y me dejó a Jorgito. En el amor, mi buen, es más cabrón el que ama que al que aman, ¿o no?

Yo, por más que trato de recordar a la Chancla platicando conmigo, contestando mis preguntas o los dos solos en silencio, en el cuarto de la calle de Sol. Me quedo ido y ahí me puedo quedar porque no hay esos recuerdos.

El año que vivimos juntos nada más fue puro coger y coger, hasta bajé de peso, *me puse ojeroso y nervioso.*

Ya lo dicen: "La confianza mata al güey". *Yo estaba muy creído que a la Chanclita sí le daba batería.* Tan sólo me daba bola: Yo soy aquel, su Juan Camaney. *Se puede decir que me pasé de confiado.* Creía: ni modo que con lo que le doy todas la noches ande de metiche en otras camas.

Por eso *la dejé buscar su vocación*, que *se realizara como mujer*, que no se sintiera sepultada en vida. Si quería ser periodista como Lolita Ayala, pues órale, acá está su Azcárraga Jean, su Salinas Pliego, y si Dios quiere su Ted Turner; pero me fallaron los cálculos.

Se fue, así nomás.

Cuando faltó la primera noche ni me cayó de peso.

Usted dirá, pues qué maje, pero no es eso. Si uno sí está enamorado, lo presiente, *se sabe sin certeza que ya bailó uno con la más gacha.*

Dieron las doce, cargué a Jorgito para que no llorara y le preparé el biberón...

La una de la mañana y mi mujer no llegaba, mi buen, me distraje dándole su mamila a mi beibi; le di palmaditas en la espalda para que sacara las flemas, *lo arrullé cantándole el Himno Nacional*: *Mexicanos al grito de guerra, el acero aprestar el bridón... y retiemble en sus antros la tierra... Maciosare un extraño enemigo...* Con la última estrofa me entró una duda; pero me distrajeron las campanas de la Catedral, daban la hora; eran las dos de la madruga, y la Chancla no llegaba.

Me llegó la inspiración, seguí arrullando a mi niño y cantándole el himno nacional: *Ma-ci-osare un extraño enemigo...* Fue en ese momento de lucidez que caí en la cuenta: Maciosare no era una sola palabra; eran una conjunción adversativa: "mas", un adverbio, "si", y un verbo conjugado: "osare"... Me reí, le canté a Jorgito: *Mas si osare... Mas si osare... Mas si osare... ¿quién? ¡Un extraño enemigo! profanar con su planta tu suelo*, y me cai, me comenzó a salir un vozarrón tipo Plácido Domingo, que espanté a Jorgito: *Piensa oh patria que... un soldado en cada hijo te dio...* Jorgito lloraba a moco tendido ante mi patriotismo arrullador.

Le bajé de güevos al vozarrón y para callar los llantos de mi hijo, canté: *Allá en la fuente había un chorrito se hacía grandote se hacía chiquito...* Jorgito como un angelito roncando se agarraba su pirinola; le venía de herencia. Eran las cuatro de la madrugada, arropé al niño y subí a la azotea para mirar el cielo; la noche era tibia y callada, quería enjuagar con mis manitas las estrellitas, como una vez la Chancla y yo lo hicimos en el mar de Acapulco. La verdad, ni para qué pegar de gritos; yo bien sabía pero no lo enfrentaba: a la Chancla le encantaba de corazón la pistola, *su vocación era no ser mujer de un solo hombre.*

Esa noche en la azotea de la vecindad de la colonia Guerrero, viendo el cielo estrellado y la luna colgada, grandota, supe y acepté que la Chancla no era mi mujer; era la mamá de Jorgito, pero no mi vieja, pinche Jorgito, dormía y ni se imaginaba, la chinga que le esperaba.

Comencé a cantar de dolor, bien cuadradito, afinadito, con voz de bolerista; como me nace cuando ando muy sentido:

Déjenme si estoy llorando, ni un consuelo estoy buscando... Yo no sé si usted es de los que se proyectan con lo que dicen las canciones. Yo sí soy de ésos.

Esa madruga en la azotea lloraba y cantaba mejor que el cantante de Los es Negros... *quiero estar solo con mi dolor, si me ves que a solas voy llorando es que estoy de pronto recordando a un amor que no consigo olvidar...* La neta, *¿no?, era lo que sentía.* Desde que oí esa canción, me gustó; fue como una premonición: *déjenme si estoy llorando, es que sigo procurando, en cada lágrima, darme paz, pues el llanto le hace bien al alma, si ha sufrido perdiendo la calma, y yo quiero olvidar que tu amor ya se fue...*

Pinche Jorgito, dormía como un angelito negro; ni quién se moviera a esas horas, todo callado; sólo el cielo, los tinacos y las antenas de las azoteas susurraban; lo confieso, lloraba, sí, lloraba, como un cabrón zurrándome de tristeza, *aunque no aceptaba que andaba enculado: Si me ven que estoy llorando, es que a solas voy sacando la nostalgia que ahora vive en mí, no me pidan ni una explicación, si es que no ha de hallar mi corazón, la felicidad que ya perdí, y anegado en este mar de llanto, sentiré que no te quise tanto, y quizás me olvidaré de ti...*

El pinche Jorgito comenzó a llorar. Bajé de la azotea.

Me acosté con mi hijo a mi lado. Y viendo mi título de sociólogo colgado de la pared, me quedé dormido. Eran las seis de la mañana.

Bara, bara, mujercitas, para lucir como mango petacón, pantaletitas, baratitas.

39

Como dice el refrán: "Ay ojón que corazón". Jorgito me trajo suerte. Su padrino de bautizo, confirmación y primera comunión fue mi compadre Salomón.

Como se dice entre los cuates: "se portó chido, el güey".

Cuando los dos andamos briagos hacemos dueto en los cabarets, cantamos boleros; somos la pura variedad de los clientes. El güey, mi compadrito, también tiene bonita voz. Pero es mucho más listo para los negocios que yo. Tiene visión comercial. Hasta tiene planes con el NAFTA.

El día del bautizo hicimos un pequeño convivio en la casa de mi jefa. Salomón, para complacer a mi jefecita, mandó hacer tamales de pollo con rajas; a su ahijado le regaló una esclavita de oro, en ella estaba grabado el nombre de Jorgito, durante muchos años, como hasta los seis, el niño la usó en su muñeca derecha.

A mi compa le gustaba que yo hubiera estudiado sociología, decía que había que sacarle provecho al conocimiento; mi jefecita nada más torcía la boca masticando su tamal y exclamaba:

–*Mmm, sueños guajiros*: el estudio es una quimera para los pobres.

Salomón sonreía con la boca retacada de tamal. El día del bautizo me contrató para que le hiciera unos estudios de campo sobre el culo de las mujeres chilangas que viajan en Metro; quería comparar este estudio con el que yo había hecho años atrás. Decía que la dieta de las chilangas había ido cambiando poco a poco y, tal vez, las mujeres habían aumentado de talla. A ojo de buen cubero, *aseguraba que podían ser ya talla 44.*

Su afirmación la razonaba:

–Los carbohidratos de las pizzas y las hamburguesas hacen las nalgas más amplias. Ve a las gringas y a las italianas, compadrito.

De ser cierto, la talla 42 dejaría de ser en cierta manera elitista para volverse de consumo masivo, pues era una talla en progreso.

En el diseño de la encuesta, una de las preguntas clave para entender la penetración del producto en el mercado chilango era:

¿Le sudan si usa pantaletas chicas en el Metro?
Uno: bastante.
Dos: intermedio.
Tres: un tantito.
Marque con un corazoncito su respuesta.

—Compadre, o nos ponemos las pilas para modernizar el comercio informal o la globalización nos la va a dejar ir. Tú dices, ¿le entras o le sacas?

—No, ni madre, no me late vender hot dogs —respondí lo que mi compadre Salomón quería escuchar.

La segunda pregunta era reafirmativa:

¿Le rozan?
Uno: en el chiquito.
Dos: en el grandote.
Tres: en medio.
Subraye su respuesta.

—No, cabrón, serio, cada vez más, la calle va a necesitar mejores comerciantes; ambulantes mejor preparados. No hay pedo, *la economía informal es el camino más democrático del libre mercado,* al mínimo la interferencia del Estado y sus acciones deben de ser colaboracionistas; escuche, compadrito Macs, me corto un güevo y la mitad del otro si no la economía informal va a dominar más de las dos terceras partes del comercio mundial. *Es la manera más eficaz de desparramar la riqueza en la globalización.* De darle las redes al jodido para pescar y no andarle regalando unos pinches pescados contaminados.

—*¿Te cai...?* —*lo cotorreé*, aunque yo pensaba como él.

—Ya nadie nos para con el liberalismo callejero. Cuando el Estado se dé cuenta que somos el máximo generador de empleos y quienes damos a los más jodidos acceso a los bienes de consumo, van a decir, *ay ojón, viva la filosofía del changarro.*

—*¡Charros con botas!* —exclamé.

El güey toma sorbitos de atole, se levanta de la silla, saca de una bolsa de plástico una gran cantidad de monedas, se asoma al patio ante la gritería de los escuincles que estaban esperando el bolo.

–¡Bolo! ¡Bolo, padrino!

El padrino no se hace del rogar, lanza puños de monedas al aire, los escuincles gritando tratan de atrapar el máximo de monedas. Salomón regresa a la mesa y sigue exponiendo sus ideas.

–Ya déjate de pendejadas, de trabajos burocráticos. Vente a trabajar conmigo. Socios, tú en lo creativo y yo en lo administrativo.

—todo esto me dijo mi compadrito Salomón *mientras se fajaba los pantalones para tratar de contener su panza.*

Lo que realmente me influyó de su pensamiento fue su creencia religiosa en el negocio. Por eso puse bajo la advocación de la Virgen de Guadalupe a Jorgito, que la Virgencita lo agraciara con el instinto empresarial.

No me lo van a creer, pero por ésta, poco a poco comenzaron a levantar mis negocios. Y *Jorgito desde pequeño comenzó a mostrar su espíritu emprendedor.*

Medité y me convencí: el mercado da para otra línea de pantaletas; pero las *Style 42* las distribuía mi compita en almacenes de prestigio y me podían acusar de pirata. Nos acabamos los últimos tamales.

Nos despedimos, no sin antes volverme a ofrecer trabajar con él.

–No te desperdicies, tienes talento, vamos a sacarle provecho. Yo le di las gracias:

–*Gracias, compita, pero como tú dices yo también quiero hacer mi ronchita.*

–No vas a poder solo, piden muchos trámites para abrir un changarro. *Hay que repartir mordidas.* Yo conozco el know how —me lo advirtió Salomón. *Yo te patrocino.*

–Déme chance, compita, traigo una idea entre ceja y ceja, y pienso ponerla en práctica ahora que me liquide el gobierno lo que me debe.

–Órale, compadrito. Pero ya sabe, cuenta conmigo.

Jorgito dormía como un angelito, Salomón lo besó, se despidió de mi mamá. Yo todavía me quedé en la mesa, agarré un lápiz y papel. La verdad, *me sentía poseído por un sentimiento chilango:* buscar a la aguilita devorando una serpiente para comerme los nopales y las tunas.

El nombre me vino como una gracia cuando recordé con nostalgia el Papayón de la Magda. Pensé, será un hermoso homenaje:

Sóstenes con el Papayón. Ése es el origen de la marca de pantaletas de mi creación, las que luego me meterían en broncas.

Papayon's Fashion. Estaba de regreso en el negocio de las pantaletas.

Bara, bara, marchantita, pantaletitas Papayon's Fashion, a su pura medida.

40

Como decía la Chancla, había llegado la hora de La Libertad de Elegir. Aunque ella con esa filosofía me había parado una santa chingada que me hacía sentir como ropa embodegada por fin de temporada.

En esos días la filosofía del libre comercio permeaba en la gente, y principalmente para los gobiernos de los hijos de la Revolución. En ellos, Don Benito Juárez, nuestro presidente liberal, era el icono de que hasta *el indio más jodido puede hacerla* y sentarse en la silla presidencial.

Y para que nos fuéramos educando en el espíritu del *"empléate a fondo y chíngate al que se deje"*, las guarderías infantiles de los mercados públicos ahora ya no iban a ser gratis, las iban a dar en concesión a la iniciativa privada para que el gobierno no gastara en ellas y fuera *un buen negocio para los listos*.

Previsor, pensé en ahorrarme el billete, ya no llevé a mi beibi a la guardería; fui y se lo enjarete a mi jefecita santa, ya no nada más los días festivos sino también los días hábiles.

Como decía el Salo, había que hacer recortes al presupuesto.

Fue el último mes que trabajé de sociólogo en el Museo de Culturas Populares; cuando salía de trabajar pasaba al puesto de mi jefecita para recoger a Jorgito, pero antes cabuleaba un rato con el Matemático.

En los tianguis, las tardes son la hora del cotorreo. Quise empaparme de nuevo del ambiente.

Llegué silencioso al puesto del Matemático para preguntarle en un susurro:

–¿*Ya ladran?*

–Ya, no manosees el negocio...

Me contestó el Matemático mientras miraba hacia abajo del mostrador. Había una mano que se asomaba, el taquero le dio un filetero.

Debajo del puesto salió un aullido contenido y luego una voz urgida.

–*Rápido, al agua caliente para despellejarlo*.

–Van a quedar sabrosos los tacos para la graduación de los de Ingeniería.

Sonriendo, el Matemático desapareció cargando un animal ensangrentado.

Atrás del puesto había un gran tinaco con agua hirviendo.

Me estuve todavía un rato, comí unos dos o tres taquitos. Inspeccioné el puesto de calcetines de mi jefecita.

Ahí estaba ella, sin darse abasto para atender la clientela escolar.

Ayudé a recoger los calcetines. Los metíamos en bolsas, y luego las bolsas en cajas de cartón, las amarramos y las apilamos en una carretilla, encima de las cajas colocamos los tubos del puesto.

Nos fuimos tristeando, empujado la carretilla.

En la cocinita de la vivienda de mi mamacita colocamos la mercancía; cenamos.

–Voy a regresar a vender pantaletas, jefecita —le dije.

–Es mejor, qué andas sufriendo, puros engaños con los estudios. Perdóname.

Tomó mi mano mi madrecita santa. El sufrimiento en sus rostro expresaba su remordimiento por haberme obligado a estudiar. *No me lo decía, pero pensaba que me había embarcado*.

–No se ponga así, jefecita, usted lo hizo porque pensó que era lo mejor para mi futuro.

–Siempre lo pensé así. Me dejé llevar por la propaganda del gobierno. Me duele porque *veo a tu hermano lo bien que gana y no estudió*.

–Sí, jefa, pero arriesga la vida.

–De policía. Quién iba a creer que de policía se haría millonario —me miró con lágrimas en los ojos. Tomó mi mano, se la llevó a su pecho. Sentí palpitar con rapidez su corazón. Agregó—: *¿Por qué en vez de inventar pantaletas no te metes de policía como tu hermano?* Ahí sí tu sociología, de seguro, te ayudaría mucho para que ganes dinero.

Al abrir mi boca mostré mi desaliento: la tristeza del profesionista *que sabe que nunca encontrará un empleo mejor que el de policía*.

Me levanté para irme, quería estar solo en mi vivienda cuidando a mi hijo; me prometí hacer de mi beibi un hombre con iniciativa, un emprendedor.

Llevaba dos biberones preparados para Jorgito; su alimento de la noche y el de la mañana. Dejé a mi mamá viendo su programa favorito de tele, le gustaba mucho un programa cómico: "Qué Nos Pasa", con el Héctor Suárez criticando transas burocráticas de las oficinas de gobierno.

Cuando me despedí se me quedó viendo un poco triste. *Había perdido la fe en su más cara ilusión: mi título profesional*. Pero se conformaba, sabía que me estaba encarrerando en el mundo del libre comercio, y que yo era bueno para entender las íntimas necesidad del mercado callejero. Además no me pirateaba los diseños, eran de mi inspiración, como el que le dejé a Salomón. Mi jefecita aceptó dejar la venta de calcetines de Mickey Mouse para penetrar en el mercado con mis pantaletas *Papayon's Fashion*. Pensábamos abrir una bonetería, con una vitrina especializada en pantaletas talla 42.

Comenzó a llorar Jorgito; en esos momentos, cualquier pena se nos olvidaba.

—Ya me voy, jefecita, este niño tiene sueño.

—*Tápalo bien con su cobijita*, hijo... ciérrame la puerta.

—Buenas noches.

—Vete con cuidado —me dio su bendición.

Me iba cuidando de algún atracador, y que me acuerdo: *los kleen bebé se me habían olvidado*. Regresé a la vecindad remodelada hecha edificio de unidad habitacional.

Para no despertar a mi mamacita, entré sin hacer ruido; me la imaginé en su cama acurrucadita, durmiendo.

En la penumbra, una llamita resplandecía. Era una veladora depositada en la repisa de la Virgen de Guadalupe. Escuché gemidos de dolor. Me espanté.

Agucé el oído; la violencia surcaba el aire. Tuve miedo. Vino a mis ojos el ruido de una correa chocando contra la piel. El dolor recorrió mi cuerpo de los pies a la cabeza. *Sudé*.

Mi madre, con la espalda descubierta, hincada, se daba cinturonazos, flotaba unos centímetros sobre el suelo, como un péndulo se balanceaba; *se soltaba tres cinturonazos en su espalda* y rezaba; y de nuevo el balanceo y los cinturonazos y la rezada:

—*Acúsome*, madre de Dios, Virgencita de Guadalupe, *de haber sido una mala madre*. Acúsome madre mía de haberle hecho mucho daño a mi hijo. Señora mía. Al terminar la recriminación se daba otros cinturonazos.

Sus cabellos cortos, rayitos de luna, se erizaban; su espalda enrojecida era iluminada por una tenue y pálida luz azul. Vi con claridad cómo su piel era tierra surcada *por rayas gruesas, ensangrentadas*.

–Señora mía que estás en los cielos, acúsome de haber obligado a mi hijo a estudiar. De engañarlo diciéndole que iba a tener una mejor vida.

Acúsome de ser egoísta y creer en los postulados de la Revolución mexicana, de seguirle la corriente a mi marido y pensar que obligándolo a estudiar lo ayudaba a labrarse un mejor futuro.

Acúsome de haberle hecho creer que *con un título profesional brincaría la alambrada social*.

Señora, madre de Dios, haz que mi niño encuentre un futuro mejor en el comercio. No dejes que vuelva a caer en las falacias de Pestalozzi, Makarenko, Frei, Comte, la UNESCO y demás demiurgos; no permitas que se ciegue con el estudio, ni se vaya a chingar al Jorgito con semejante tontería; guíalo por el camino de la libre empresa y no dejes que los tiburones gubernamentales me lo acaben a mordidas. *Y que su filosofía del changarro pantaletero triunfe* en la faz de la tierra, de noche y de día. Ay.

No me atreví a descubrirla. Sentía un escozor profundo anidando en la oscuridad de mi mente. Quise correr y decir: "*No mamacita linda y querida, no, la Revolución sí nos va a hacer justicia*, ya lo verás". Me sentí impotente, abracé a mi hijo, me acordé de mi padre y prometí que mi hijo sería lampiño, no lo dejaría que tuviera bigotes al estilo de Zapata o de Villa y le dejaría ponerse botas como su tío el Arqueólogo.

A cada latigazo sobre el cuerpo de mi madre, me persignaba, se me enchinaba la piel y las lágrimas se me rodaban. Sentí doblarme, la cabeza me pesaba; pero mi espíritu aguileño no me dejaba. Tomé una firme decisión: *desde la mañana siguiente no me peinaría de a rayita*, para que mi hijo no tuviera ninguna referencia del Benemérito y para que *no fuera a creer que ser presidente era cosa de ser licenciado*. La historia lo demostraba: el título se obtiene ya que se va a ser presidente.

A pesar de que ansiaba curarle sus heridas y mitigar su dolor, no me atreví a interrumpirla; sólo veía un cuerpecito lacerado reinando en la penumbra y la soledad de su cuarto. Su espalda lacerada rechinaba de amor maternal. Flotaba y se mecía en las olas de un mar de luz. Rechacé el paño de la Magdalena. *Ella de esa manera mitigaba su penar.*

Cerré los ojos, me tapé las orejas, cobijé a mi beibi, me oriné en los pantalones, y en la oscuridad de la cocinita imaginaba, con escalofrío, cinturonazo tras cinturonazo sobre su bellísima espalda. Albergué mi dolor con todo mi amor contenido, me arrastré hacia la salida, cerré paso a pasito la puerta de madera sin hacer ruido. *Plas plas plas.* Lento corrí hacia el zaguán.

En la esquina pisé la cola de un pinche gato: yo gritaba, el niño lloraba y el gato aullaba; antes de que el felino extendiera su maullido por toda la noche, lo pesqué de la cola *y dándole vueltas lo dejé pendejo*; lo aventé por los aires, llevaba los pelos erizados, los ojos desorbitados y la cola enroscada.

No me lo van a creer, pero el puto gato cayó parado en la azotea, sus cuatro patas y sus ojos desorbitados se tensaron, quiso seguir corriendo pero le aventé una lata vacía de cerveza, me lo ejecuté en la nuca. *Pinche gato, siguió como borrachito sobre la cornisa.*

Se encendió la luz de la vivienda de mi mamacita. La voz de un borracho finalizó el ruido:

—*Cabrones, no se roben a los gatos*: no sirven para los tacos.

Se apagó la luz de la vivienda de mi mamacita santa. Los marihuanos de la esquina no volvieron a suspirar.

Ahogándome, caminé con mi bebé en brazos, me dolían los pelos de la cabeza, tenía ganas de echarme unos pedos; *eran los gases del desasosiego.*

Llegué a mi vivienda, miré mi título profesional enmarcado en un cuadro de latón, busqué la lata de abrillantador marca Brasso, unté la pasta en el marco; con una franela froté el latón hasta que comenzó a salir brillo.

Toda la noche me pasé puliendo el marco, quería que pareciera de oro. Colgué mi título en la pared, me gustaba cómo se veía; me alejé de él y dije:

—Chingue a su madre pinche papel para puras vergüenzas y embarcadas —y pensé: *"Con razón es héroe Don Benito Juárez, era más cabrón que bonito".*

Bara, bara, güerita, pantaletotas estilo Papayon's Fashion, baratitas.

41

El corazón es como una capillita de barrio: siempre le llega su fiestecita. La bronca es estar preparado para entender los íntimos designios del corazón. Y más si uno descubre que a la jefecita le late más de prisa el suyo.

El recuerdo de mi padre ya no la torturaba, no, ¡qué va!; aceptaba la ausencia y *reconocía el mundo en otros hombres*. Me daba gusto verla contenta y descubrirla de carne y hueso; gozosa con el amor.

Por primera vez creí en mí y en el sueño americano, pero lo quería dentro del *Chilelandia way of life*.

Un día, un buen día, llegué a la vecindad reconstruida.

(El edificio había sido remodelado con dinero de una organización religiosa que se llama Cáritas. Con los terremotos del año de 1985 la vecindad estuvo a punto de derrumbarse; uniendo otras vecindades reconstruidas crearon una unidad habitacional. Los bloques eran de colores vivos: el de mi jefecita estaba pintado de rosa mexicano, los andadores olían a pintura y hasta pasto había a los lados.)

Reinaba una sensación agradable, de olor a recién construido; pero a la vez un sentimiento de estrangulamiento, *aunque había más cuartos y más servicios, también había mucha más gente*.

(Los cuartos gigantescos de las vecindad habían sido divididos en dos cuartitos; al caminar me molestaban los roces de los cuerpos de los demás, sus miradas estaban en cualquier rincón, no sentía ninguna intimidad. Habían llegado más familias porque de repente hubo más departamentitos. Y pensar que igual iba a ser en mi vecindad. *Apretados pero bien acomodados*.)

Entré al condominio como la fresca mañana, con la ilusión de encontrar a mi mamacita. Sobre una ventana del departamentito había una maceta con una planta, de las que llaman millonarias; presentí que se iba a caer. No me hubiera dado cuenta del galán de mi jefecita, si no es que el pendejo golpeó con su brazo la maceta y la tiró al suelo; ahí estaba mi jefecita, dándole un beso fugaz mientras se balanceaba la jaula de los pajaritos; éstos trinaban.

Me sentí sacado de onda. El galán era un cabrón como de un metro ochenta de estatura, fortachón, cincuentón, bigotón, panzón.

Me hice como el que no veía nada y todo hubiera parado ahí; pero cuando mi jefecita se agachó para recoger la maceta, *el güey que le recoge las nalgas a pleno*. Entonces sí me calenté, no sé por qué; pensé en mi jefecito, ojalá y el Señor lo tenga en su santa gloria, me dije, ahorita le pongo un buen patadón a pleno en sus nalgas; y ya había tomado vuelo mi pierna derecha, cuando descubrí el rostro radiante de mi madre, *sonriente, mostraba que le había gustado la tentaleada*. Sus ojos relucientes me hicieron sentir de la rechingada.

Cuando me vio mi mamacita santa, sí se cohibió y exclamó, como cuando Juan Diego vio a la Virgen de Guadalupe:

–¡Mi hijo...!

El Galán muy seriecito, como si hubiera sido descubierto por su futuro suegro me saludó:

–Hola... —me dijo.

"¡Ola te hace la cola!", pensé en contestarle como siempre pienso en estos casos; sólo dije:

–Hola... —seco para que se notara mi encabronamiento y me metí a la casa.

Poquito después entró mi jefecita con la maceta rota entre sus manos. Nerviosa, se me quedó viendo y me dijo:

–Se llama Lamberto pero todos le dicen don Beto. Tiene una peluquería.

–Voy a ir mañana todo el día a Santiago Tianguistengo. Voy a cerrar el trato con los artesanos para el acabado de las *Papayon's Fashion*. ¿Me cuidas a Jorgito?

–Sí, mi hijo, tráemelo...

Evadí sus explicaciones.

–Mañana temprano paso a dejártelo... —salí sin despedirme de mi jefecita. Me ardía la cara. *La escuché sollozar.* Me regresé a decirle—: Eres mujer, no tienes por qué darme explicaciones...

Me miró implorante como la Virgen del Sagrado Corazón. Yo me sentí *como un indio Juan Diego sin entender el milagro* de las apariciones de la Guadalupana. Salí pensando en mi viejo; en su ausencia, en que tenía la ilusión de que anduviera por ahí formando una nueva familia, con su segundo frente, lo deseé con todas mis fuerzas antes de aceptar que anduviera en el cielo a la vera del Señor.

Bara, bara, muñequita, para el bombón, unas a su medida.

42

Hay madres que son poca madre y hay madres que valen pura madre. Jorgito nunca descubrió que tenía madre hasta cuando comenzó a tentalear el mundo. Por ésta.

Mi mamá fue la primera que se dio cuenta de que Jorgito iba a ser de armas tomar y para lo que ustedes gusten mandar.

La noche que regresé de Tianguistengo, mi jefecita le estaba dando de cenar a don Beto; el peluquero tenía en sus rodillas a Jorgito, *dormía como un angelito*, con mocos resecos en la punta de su nariz.

–Buenas noches —dije en voz baja todo ciscado al descubrir la escena familiar.

–¡Qué bueno que llegaste, hijito! Jorgito ya está dormido. Tienes que tener mucho cuidado con él, si te descuidas te va a sacar canas verdes. *Se ve que tiene al diablo por dentro*.

–Mamacita, no hable así, es su nieto.

–No me meto, Macs, en lo que no me importa; pero tu hijo trae mucha vitamina —dijo don Lamberto, el peluquero.

–Qué crees, hijo, le tiró a Beto sus zapatos a la coladera. *Y todo porque lo vio en mi cama dormido*.

No entendía bien lo que me quería decir mi jefecita. Sentía que se escandalizaba con las actitudes del niño, pero, a la vez, se le veía, yo diría, orgullosa por esas acciones. No sabía cómo tomar esto. Callé. Cargué a mi hijito y me despedí de mi jefecita. Además, verla vivir con otro camote que no era el de mi jefe, me confundía, no se me ocurría qué decirle, me sentía apenado y admirado porque mi jefecita era feliz con su nuevo picador.

–*Gracias, buenas noches*.

Don Beto, bebiendo café de un pocillo, me contestó:

–Buenas noches, *hijo...*

Ya mejor me salí sin decir ni pío.

La noche era fría y la casa de mi jefecita se sentía tibia como una canción de Agustín Lara. Se veía bonita la unidad habitacional.

Cuando le pregunté a Jorgito que por qué había tirado a la coladera los zapatos *de su nuevo abuelito*, me contestó con su media lengua atiborrada de precocidad:

–*Olían a queso añejo*, tío, digo papá...

No presté atención a este lapsus.

Por este tipo de travesuras se comenzó a tejer en el barrio la leyenda de Jorgito, el hijo del Maciosare y la Chancla: *un espíritu rebelde*.

Así pasaba la vida y los años...

Que quién era la madre de ese monstruo, preguntaba la directora de la escuela primaria, College Jesse Helms. Porque ha de saber que lo inscribí en una escuela privada:

–¡*La Chancla!* —contestaba la comunidad escolar de riquillos de la zona pobretona.

–*Lo tiene que llevar con el psiquiatra*. Hay que controlar su hiperactividad —me recomendó la trabajadora social de la escuela; *lo que yo no tuve se lo quería dar al escuincle*.

–Ya no le dé vitaminas americanas, ¡anda que no se aguanta!

—me aconsejaba la presidenta de la Sociedad de Padres de Familia; era la esposa de un comandante de la Policía de Caminos.

–*¿Cómo es posible que sea su hijo?* —reflexionaban los maestros. De usted don Maciosare si es tan tranquilo.

–Sí, sí es mi hijo —ponía mi pecho henchido por escudo.

–Nada más porque sabemos que canta muy bien el himno nacional, y Jorgito, lo que sea de cada quien, también lo canta muy bien, por eso *creemos que es su hijo*; y porque usted lo dice.

Era increíble, el quince de septiembre, en la fiesta de la noche mexicana, canté el himno y todos pidieron que repitiera a dúo con mi beibi. Y al escuchar cantar al Jorgito, *decían convencidos*:

–*Es herencia de don Maciosare*. Sí, sí es su chilpayate.

Por eso la memoria colectiva lo aceptaba, a pesar del espíritu bronco del sobrino del Arqueólogo.

En ese tiempo tomé conciencia de los años. Y la Chancla no daba color para tomar la palabra; ella andaba como Camelia la Tejana, en Sacramento, California. *Acá, nosotros, desde Chilelandia ni sus luces se adivinaban*. Jorgito había cumplido ocho años de edad.

Una vez, el Matemático interpeló a mi jefecita:

–*Señito, cómo es posible que Jorgito sea su nieto*.

–¡Pero cómo no, cabrón, si es el hijo de mi hijo! Y tú, en vez de andar de preguntón, cuida a tus perros, no sea que vayan a tener rabia.

Desde que vivía con el peluquero mi mamacita había afilado sus tijeras como si fuera familiar de la *Borolas*, la esposa de don Reginito Burrón, *tío lejano de mi padrastro*.

Pero bien dicen, *cría fama y échate una roncada*. La señorita directora, cuando Jorgito iba en sexto año, toda encabronada, volvió a preguntar:

–*¿Quién educa a ese pinche niño?* —no esperó respuesta. Lo expulsó dizque porque la había mandado a chingar a su madre. Por curiosidad quiso cerciorarse de si yo seguía siendo el padre de ese escuincle:

–¡*Sí señorita directora, sigue siendo hijo de don Maciosare y de la Chancla!* —contestaban presurosas las madres de la Asociación de Padres de Familia, que también andaban encabronadas porque Jorgito les ponía en su madre a sus condiscípulos, y agregaban con saña:

–¡Y es el sobrino del Arqueólogo!

–Con razón, sobrino de tigre pintito —me dijeron que dijo la vieja directora.

Así iba labrando su legendario destino el niño Jorgito.

Bara, bara, maestras, para andar del diez, pantaletitas baratitas.

43

Pero el tiempo es inexorable, siempre regresa; y los viejos amores, aquellos de rompe y rasga, también.

Exactamente *el día en que Jorgito fue expulsado de la escuela*, se apareció la nalgona de la Chancla. Se presentó plena en el tianguis. Yo vendía las *Papayon's Fashion* en el puesto.

Y las vendía porque no había podido levantar *un changarro institucional*. Fue como un cuento de las mil y una noches.

Cuando me liquidaron todas los meses que me debía el gobierno, inicié los trámites para levantar mi propio comercio establecido. Bien, con hartas ganas.

En esa aventurita burocrática bailaron mis ahorros. El gobierno nada más quiere que uno pague tributo a cambio de nada.

Para empezar, el costo del registro de mi comercio fue el equivalente a cinco quincenas que me pagaba el gobierno. Por el permiso de uso de suelo fueron otras cinco. Por el permiso del anuncio del changarro fueron cinco más; y si lo hubiera querido luminoso, era otra lana. *Por la mordida del estudio del impacto ambiental fueron dos* porque si me aferró al permiso nunca me lo hubieran dado. Y por el informe preventivo, que no sé para qué madres sirve, me costó lo de tres quincenas. Y apenas eran los primeros días de trámites y ya llevaba cuatro meses de ir de oficina en oficina.

¡Ni madres!, no terminé de pagar estos trámites: cuando estaba en lo del informe de modalidad general y el estudio de riesgo, me doblé para ir por la legal. ¿Sabe por qué? Me dolían las piernas, el ánimo, la paciencia se me había agotado y se me antojaban los taquitos que se estaba comiendo la pinche vieja que atendía al público. Ya los permisos de *lo de bomberos, lo de la Secretaría de Salud* y lo de *aguas residuales* nada más fui de entrada por salida en esas pinches oficinas de gobierno; ni caso hice del registro de fuentes; no sabía para qué era eso. Ya la licencia de uso de suelo cuando se me venciera, el permiso lo abandoné con lo de los planos estructurales, hidráulicos y eléctricos. *Y el permiso de la Secretaría de Relaciones Exterio-*

res no me lo hubieran dado aunque hubiera llevado por escrito la bendición del santo papa.

Y aguanté la risa cuando me dijeron que mi negocio tenía por obligación que tener cuatro cajones de estacionamiento. Eso sí, mi pinche frustración la canalicé con el primer burócrata que se me atravesó; agarré al güey ese que me enseñaba la solicitud y me pedía la mordida con su clásica frase: "P's no habla, joven, así no lo va a escuchar diosito". Lo pepené de su corbata y si no es porque se le rompe, hago que sus güevos se le atoren en el gañote.

Cuando salí del edifico de gobierno *supe que tenía que irme a chingar a mi madre a la calle*. Nunca iba a tener un negocio en regla. *Estaba cabronsísimo*, pero decidido a vender mis diseños de pantaletas aunque fuera de a poquito en el puesto de mi jefecita.

Posdata: Como dije que yo fabricaba las pantaletas, me dijeron que tenía que dar de alta a mis empleados en el Seguro Social. O sea, otra pellizcada al microempresario.

Por eso, cuando Jorgito tuvo broncas en el College Jesse Helms, pensé que ahora sí la Guadalupana me estaba cargando la mano, pero la verdad, *no sabía lo que era amar a la Lupita en tierra de musulmanes*.

Fueron los días del come back de la Chancla. Fue una mala invocación. Llegó a su estilo, *como un cometa se apareció la nalgona pero panzona*, tatuada de los hombros y con un arete en la nariz. Orgullosa, me presumía que iba a tener cuates y que estaba viviendo en el east de Los es; que tenía un comercio en la calle Olvera y que *su cucu era bombeado por un mexico-norteamericano* y que venía a demandarme porque yo le había plagiado las pantaletas *Papayon's Fashion*.

Mi mamacita llegó corriendo. Sin permitir que el resuello la ahogara, me dijo:

—*Aguas, no se vaya a querer llevar al niño*.

¿Usted cree que llegó preguntando por Jorgito? ¿Usted cree que lo cargó, lo besó, lloró por él, o le trajo un juguetito gabacho? ¡Ni madre! Así como lo oye. *¡Ni madre!*

Llegó con sus lentes oscuros y su pelo teñido de pelirrojo; y *su viejo, un gordo de un metro ochenta de estatura*, como doscientos kilos de peso, la piel prieta, grasosa. Neta, ésa era la estampa de su camote. *Típico gringo de origen mexicano: mamón*, preguntando que cómo se llamaban los sopes y las quesadillas. Un güey prepotente, grosero; *¡mamila natural!* Y no lo digo por celos sino porque estoy haciendo *un retrato realista del tipo*, es la verdad:

–¿Ser güey ese que me platicas...? ¡Es enano! —le dijo asombrado a la Chancla, me señaló con su dedo gordote, pequeño, alhajado con un anillo de brillantes. La Chancla, como siempre, sin pelar nada.

–Sí, *es Maciosare, buena onda*... Macs, este señor es mi viejo, *Cleofas de La Reguera*, el Rey de las pantaletas angelinas —era la misma Chancla de siempre. *Pero yo ya no andaba tan pendejo*.

–Muchos gustos, Cleee-oooo-faaaas.

Le tomé la mano con fuerza, y dije, Cleofas, alargando a todo lo que dan las vocales con el cantadito chilango. Como que se sacó de onda el güey, porque me dijo:

–*Órale, manito, sin mandarse* —imitaba bien los ademanes cantinflescos. ¿Son tuyas las pantaletas?

–No, las vendo.

–*Quiero decir, si tú hacerlas y venderlas*.

–Yes, güey —le contesté caliente.

Fue justo el momento en que llegaron los inspectores de la Secretaría de Hacienda, los enemigos del libre comercio, se veía que se habían coordinado con el gringo mexica:

–¿De quién son las pantaletas...? —les revisaban la etiqueta *Papayon's Fashion*.

–Suyas si me las compra —*dije, en el peor momento para cotorrear*.

–No sea mamón. Las facturas ¿dónde las compró? —dijo el mono de Hacienda, pavoneándose en su uniforme verde. Supe por fin a lo que iban.

Busqué a la Chancla y al gringo prieto. No estaban.

El Matemático se me acercó y en medio de los inspectores me dijo al oído:

–Buzo, te están poniendo de a puerquito. Te etiquetan de pirata. Andan quedando bien con los de Cross Your Panty. Les están limpiando el camino de la competencia.

–¡No mames, mameluco! Ni siquiera los conozco. Y esto es de mi cerebrito —dije encabronado tocando las pantaletas. El Matemático, pelando un fémur canino, me remató como si fuera pariente de *Pablo Escobar*, el narco.

–Ve a tu jefecita qué chinga le pusieron dizque por vender calcetas de piratería.

–Pues si se las vendieron los que las hacen.

–Oh, si ya se sabe, pero esos güeyes andan diciendo que les

roban los trailers con la mercancía para no pagar impuestos y cobrar el seguro.

–Y qué tienen que ver los del Cross Your Panty.

–Voooy, sociólogo, qué no lees los periódicos. *¡Nafta!*

Y se iba alejando espantando las moscas, alcanzó a susurrarme:

–No creas, al rato *nos va a caer la bronca a los taqueros por el Coronel Sanders*.

–Ese güey quién es.

–*Kentucky Fried Chicken*. Dicen que van a vender burritas de suadero y de longaniza en sus pollerías. Me cay. Que les caiga un rayo en Hacienda si no es cierto.

–Ay, no mames —me reí porque pensé que me estaba cotorreando el Matemático. Se regresó y muy serio me dijo quedito al oído:

–*Son órdenes del FMI*.

Primero pensé: "Éste ya está delirando". Pero que me vienen los recuerdos de cuando *le amarraron las trompas de falopio a mi mamacita* por culpa de esos güeyes y luego cuando corrieron a mi jefecito de su trabajo *y les rementó la madre a esos ojetes* porque dijo que ellos habían dado esa receta al gobierno y entonces me zurré, porque parecía que el gobierno priísta y el del cambio siempre andaban ofreciendo el culo en el exterior a nombre de los jodidos.

Y más grande me salió el pedo cuando el inspector de Hacienda olía mis pantaletas *Papayon's Fashion*. Las olía como perro aduanal, de esos que buscan droga en los aeropuertos, luego las volteó y las olió de nuevo, después discretamente las pasó por su labios, las alejó de su rostro, revisó de nuevo la *etiqueta Papayon's Fashion*, y me dijo:

–¡Piratería, cabroncito! ¡Te ves con cara de güey, pero eres *chingaquedito*!

–*Qué güey, estás loco: made in Chilelandia, inspiración del camote morado de Puebla* —le contesté así porque no supe cómo defender mi honestidad intelectual.

–Esta marca es gringa, está registrada en Los Angeles, California, el propietario es mister Cleofas de La Reguera Smith and Chancla Company Enterprise.

Volteé a mi alrededor, mi jefecita rezaba y rezaba ante la virgencita del Metro. Una multitud nos rodeaba. *No me querían quitar al hijo sino el negocio*. Qué poca madre.

Uno de los inspectores de Hacienda me interrogó:

–¿Dónde queda esta fábrica de *Papayon's Fashion*?

Pensé, pues, ¿cuál fábrica? Si voy sesenta cuarenta con los artesanos de Tianguistengo.

—¿Cuál fábrica?

Yo lo único que hacía era incentivar la producción en cadena. *Este güey pensaba que me llamaba Maciosare Versace.*

Todavía pensé en que con una corta feria libraba el hostigamiento gubernamental.

Pero la marca había sido registrada en Gringolandia y yo, por ser un reverendo pendejo, nunca se me ocurrió hacerlo, y para no ser el preso número nueve tuve que dar el resto de mi capital y comprometerme con el gringo mexica a no volver a fabricar las *Papayon's Fashion*.

—*La piratería es un delito, joven, ¿qué no lo sabe o se hace?*

—Pues sí inventé las pantaletas.

—*Pinche menso, tú qué vas a tener cerebro para inventar* estas pantaletas tan bonitas.

Mi jefecita no se aguantó y le recetó tremendo bofetón al empleado de la Secretaría de Hacienda y agregó:

—Mensa su aduanal madre, mi hijo es más inteligente y estudiado que usted. ¿Usted hasta qué grado estudió?

—Hasta el *Ce Ce Ache...* —yo creo lo agarró pendejo porque eso le contestó.

—Ahí está, mi hijo es sociólogo, pinche ratero.

Llegó más gente de Hacienda y se llevó toda la mercancía. Yo apacigüé a mi jefecita, no fuera a salir de nuevo en los noticieros de la televisión o en *La Cornada* diciendo que era de la mafia priísta; rémoras de un pasado dinosáurico. *Y firmé la carta donde me comprometía* a no fabricar más pantaletas *Papayon's Fashion. Fue en lo oscurito de una camioneta-oficina* de la Secretaría de Hacienda. Ahí estaban el gringo y la Chancla para recibir la carta.

Como podrá deducir, pensé, la próxima vez que vea a la Chancla ni tan siquiera voy a voltear a verle el culo.

Vuelta a empezar. La fe es lo último que se pierde. Me acordé de *la mística del Carruaje Juariano*. El ánimo se me hinchó al recordar aquellas sabias palabras para los ejemplares de la raza de bronce:

—Sí se puede... Sí se puede.

Bara, bara, mujercitas bonitas, pantaletitas para andar sabrosas en el Metro.

44

Fue cuando probé otros tipos de amor y el que más me gustó fue al estilo del Avispón Verde. ¡Pica y vuela! Eran días de confianza.

Tres mujeres en fila pasaron por mis brazos y a ninguna de las tres les convine. Sólo hasta que un cucu atalayo me reveló el sabor de un nuevo amor.

Pero vamos por partes:

Primero conocí a la Guajolota, una bellísima mujer, gozosa de exponer su descomunal tamalote a los fanáticos de la torta. Y yo debo de confesar mi perversa vanidad: *me gustaba ir con ella del brazo y por la calle.*

Era un agasajo caminar a su lado *luciéndome como su Juan Camaney*. Ella invariablemente iba embutida en sus pantalones de licra color anaranjado fosforescente. Los gritos de los choferes de los BMW, Honda y Cadillacs eran los más cargados de ardor:

–¡Qué culote morena!

Lo mejor era hacerse el sordo y muy discreto rodear con el brazo la cintura de la Guajolota, como diciéndole al personal:

"¡Éstas son para acá!"

"Aquellito es para mi uso personal."

Babosos se quedaban los comerciantes cuando llegaba con ella al tianguis del Metro; el Matemático comenzaba a ladrar:

–Guau, guauuuu...

Nuestro líder nada más gruñía, y hasta ese día se le olvidó pedirme la cuota para comprar los walkie talkie, para avisarnos cuando llegaran los granaderos y tener el chance de levantar nuestra mercancía; ésa fue una de las pocas cuotas que no he dado, mi líder parecía un perrito muñequero.

–Grrr grrr.

A los transeúntes mensos *la baba les colgaba como barba*, los cigarros se les resbalaban. Yo, la neta, *me sentía un cualquier Bill Clinton con su Guajolota Lengüinsky*, jugueteando en la sala Oral. Me faltaba un puro, pero que me caiga un rayo si la Guajolota le pedía algo a la Mónica Lengüinsky. *De tamalón a tamalón ahí se daban un quién vive*; a ojo de buen cubero eran del mismo volumen, y quién quita y a lo mejor la Guajolota le ganaba a la del Partido Demócrata:

talla 44 extra large, en forma de mango petacón, plena dentro del canon estético totonaca; por ésta, que yo me sentía su Rey Cacama.

Por eso me gustaba cargármela en la cama, sentir a plenitud la masa de esa talla 44, pidiendo el: ¡vénganos tu reino, señor! En el éxtasis me sometía al sufrimiento del apachurramiento de ese vaivén arrullador. Y ella gozosa se aposentaba en la firmeza de mi amor.

Había una total comunión de los cuerpos.

La bronca fue Jorgito. El niño le ponía los pelos de punta. La verdad, la Guajolota no lo soportaba. Le gustaba tututú tututú y nada de las responsabilidades maternales. Tenía razón no era su mamá.

Un día, Jorgito tuvo una regresión y tiró también los zapatos de la Guajolota a la coladera de la calle. *Otro día le vendió las pantaletas*, unas especiales que le regalé; se las vendió a una señora que andaba urgida porque había perdido las suyas. La Guajolota no se lo perdonó, le quiso pegar y ahí sí como que no me pareció. Ora sí, como dice la canción fue debut y despedida.

Aunque el tamalón de la Guajolota me hacía hervir, pudo más el cariño de mi beibi.

Y yo como el Avispón Verde *volé en busca de otro panal para la miel.*

La segunda se llamaba la Chiquis. Tenía el papayón parecido al de la Magda, pero tan sólo fue un intercambio comercial cuando descubrí que era pródiga en hijos; llevaba hasta el momento nueve y pensaba conmigo ajustar la oncena. *Francamente le saqué a ser propietario de un equipo de futbol.* Ora sí, como dice la canción *fue tan sólo un rato de placer.*

Me acuerdo que me dijo:

—Me dejas porque subí unos kilos y ya me pasé de jamón, ¿verdad?

No era cierto, el pernil de jamón entre más pródigo más sabroso, le contesté, pero tenía el complejo de las lombrices del tercer milenio: quesque entre más flacas más apetitosas, pero pus cuál, no hay de dónde agarrar. La miré agradecido y le deseé mejor suerte para la otra; *a ella le debo haber aprendido a amar y dejar sin dolor.*

Y la tercera es la vencida. Llegó como los ángeles del cielo: de porrazo, pero ¿sabe qué?, el amor es una cuestión inexplicable, entra por donde menos se lo espera uno. *¿Se imagina la Biblia como medio de comunicación cachondo?*

Le decían la Atalaya aunque era cristiana, porque para la gente todo lo que no es católico es Atalaya.

Tenía un tamalón como Dios manda. Espléndido y recatado. Ostentoso cuando se trataba de apantallar; misericordioso cuando se trataba de amar.

Todo comenzó con la palabra de Dios.

Sí, un día tocó a la puerta. Al abrir, ella estaba ahí con su Biblia, yo la verdad, no le cerré la puerta porque admiré, de refilón, su tamalón, ahí me obnubilé porque cuando razoné yo ya estaba estudiando la Biblia todas las tardes.

Jorgito tenía doce años y ya estaba hecho un cabrón. Iba en sexto año de primaria y se le veían las ganas de no querer seguir yendo a la escuela. Los negocios internacionales eran su verdadera vocación y talento.

Yo, la verdad, la regué porque no supe ver su potencial por andar tras el tamalón. Tal vez, hubiera pedido una beca para él en el ITAM o en el Tec de Monterrey.

Mi mamá, como buena abuelita, era bien alcahueta con él. Le daba mucha cuerda con la complicidad de su viejo el peluquero:

–*Déjalo que se divierta, que trabaje en lo que quiera. ¿Para qué lo quieres meter a la escuela? ¿Qué no entendiste tú?*

Yo, callado, quería de nuevo iniciar otra *empresa de pantaletas para mujeres gorditas con vientre prominente;* era un mercado descuidado, casi aseguraría discriminado. Con mis conocimientos avanzados de anatomía, sabía del papel decisivo del vientre en el orgasmo solidario entre la mujer y el hombre; jugaba un papel cachondo: *echaba las nalgas para acá,* como repisa del Sagrado Corazón de Jesús.

Motivada mi creatividad conseguí una tela de licra singular: cómoda, resistente y de suave adherencia a las contornos de la piel.

Yo diseñé el logotipo de mi nueva marca: un tamal estilizado con las hojas abriéndose. Era como el cuerpo de una mujer haciendo un strip sobre una pequeña mesa redonda, tipo table dance. Mis nuevas pantaletas se llamarían:

"The Tamalon Style", sin acento en la o.

Sólo que comenzó a surgir una bronca:

Por penetrar el comercio informal con The Tamalon, perdí de vista la educación de Jorgito. Las pantaletas entraron sabroso entre las damitas chilangas. Hasta mi compita Salomón quería que uniéramos las dos líneas de pantaletas, *Sirenón Style 42 y The Tamalon,* para distribuirlas por catálogo. Aseguraba que era un mercado con futuro, y más si *diseñábamos nuestra página para ventas por Internet.*

Era un mercado diferente al informal y brindaríamos variedad para un mercado internacional sediento de nuestros productos. Él con la talla 42 y yo con la 44.

–Ándale, Macs, *yo facturo las ventas al extranjero para que no tengas bronca con tu changarro.*

Aquí es donde entra en acción la Atalayita:

–Mire, mister Salomón, no hay que monopolizar el mercado, la competencia es mejor.

–Póngale, Atalayita, pero yo le aseguró que los gringos nos van echar montón cuando lleguemos con nuestra pantaletitas. Son ojeis. Todo el mercado lo quieren nada más para las empresas de ellos. Y más ahora que tienen la patente de la marca *Papayon's Fashion.*

–Ay compadrito, por qué no me avisó, le hubiera hecho el paro. Lo agarraron de menso —el compita era a todo dar.

–Sí compadrito, pero ni modo que los de Hacienda me hubieran dejado ir hasta Tecamachalco a buscarlo, ya era tarde.

–Y el celular que le regalé.

–Me lo robaron en el Metro.

Pinche compadrito no quise hacerlo sentir mal; una vez me dijo que me iba a regalar un teléfono celular pero fue pura promesa; nunca me lo dio. De todos modos me gustaba como era conmigo el Salo.

Ahora más me gustaba la Atalayita porque me defendía y así yo podía dedicarme al estudio del mercado informal.

Yo me sentía comprometido con ese sector. Creía contribuir a repartir la riqueza entre los que no tenían ni calzones y eran esclavos del salario mínimo. Al comprarme no pagaban IVA y tenían un producto de buena calidad y barato y que le sentaba a la estética de nuestra raza.

Aunque ahí estuvo otro error. No tomé debida nota de la presencia de *Papayon's Fashion* en gringolandia y la conexión con *mi Chilpayate y el* FMI.

Parece cotorreo, pero cómo todo lo afecta a uno.

Yo ni por aquí me las olía que Jorgito tenía comunicación con la Chancla.

Cuando cumplió los catorce años lo inscribí en una secundaria particular: el Instituto Friedman Boy's. Estaba incorporado a las Academias Cabal Peniche.

Pero *Jorgito me resultó más cabrón que Benito Juárez*, y aunque sé por experiencia propia que *los estudios sirven para puras pendejadas*, en el fondo de la mente de uno siempre hay una pequeña luz que quién quita y *con los estudios se brinque la alambrada de la pobreza.*

Una noche pasé por Jorge al departamentito de mi mamacita y de su camote, el peluquero. Como sucede en las viviendas o departamentitos de los barrios populares, *las puertas siempre están abiertas en el día aunque no haya nadie*; pasé y *encontré a mi hijo con un ataque de nervios*, sus abuelos no estaban.

Ahorita le explico por qué creo que era un ataque de nervios o una depresión: Tenía una calavera en una mano, de ésas que andan rodando en los cementerios, y en la otra sostenía una vela; en la mesa había unos sobrecitos de cocaína, de los que llaman "papeles" o "grapas". Lo curioso era que debajo de cada sobre estaban extendidas unas pantaletas del diseño de las *Papayon's Fashion*. Yo, *ingenuo, pensé que les echaba talco para que recogieran la humedad*, hasta pensé: sacó mi creatividad.

Jorge, sentado en la silla, cosía los sobres haciendo aparecer como si *llevaran un kotex en forma de corazoncito*. Hablaba en voz alta:

—He ahí el dilema: ¿hacerse rico o seguir jodido? ¿Es más noble sufrir los navajazos y hachazos de la insultante jodidez respetando lo que llaman la legalidad o brincársela en un mar de tiburones que se pasan esa legalidad por los güevos cuando les conviene sin que nadie les diga nada?

O, tal vez, ¿romperse la madre para ver de qué cuero sale más correa? ¡He ahí el pedo! ¿Salir de una buena vez de jodido prendiéndose de la suerte o seguirse pasando de güey y ser por los siglos de los siglos carne de presidio del salario?

Mi niño a los catorce años entrado a los quince era un verdadero emprendedor. Me dolía reconocerlo y tenía miedo; había heredado los ojos fríos de su tío, el Arqueólogo.

Fue cuando me di cuenta de cuán enamorado estaba yo de Atalaya: ¡No ponía atención a mi beibi!

La directora del *Instituto Friedman Boy's* me había mandado hablar para acusar al Jorgito de irrespetuoso; él le había dicho:

—*Ya pinche vieja guacamaya*, usted me tiene que pasar año porque yo le pago y si me voy pierde la casa.

—¿Usted cree?, así me dijo —me decía la señorita directora, con los pelos electrizados; viendo eso adquirí confianza, me descaré:

—Mi niño ha cambiado mucho, maestra, desde que se aficionó a ver los noticieros. *Ese vicio lo agarró* cuando vio un reportaje de cómo vivía Caro Quintero, el narcotraficante. El niño tendría cinco seis años de edad, estaba chiquito, pero le encantaban los reportajes de la tele *donde denunciaban las riquezas que habían atesorado los narcos*: ranchos, animales exóticos, autos, mujeres guapas, casas, aviones. Yo hasta creí que quería ser agente de la DEA. Una vez le apagué la televisión y me pateó, tuve que volver a encenderla, maestra. *¿Usted cree?*

–*¿Y a qué cree que se deba?* —me preguntó la maestra muy intrigada. Si se ve que usted es un padre muy responsable con su hijo —la maestra me veía con ojos disparatados. Me cohibí. Hablé a lo pendejo:

–Me imagino que le interesa ese tema, señorita maestra. El otro día fíjese que Jorgito viendo una noticias de otro narco, me dijo: *"Voy a ser como él".*

–Don Macs, *debería de llevarlo a que le hagan una limpia*, quién quita y le saquen al diablo —dijo la señorita maestra persignándose, se sentó en una silla de la dirección, cruzó la pierna, tenía buena pierna; fue cuando me dio curiosidad conocer su cuerpo. ¡Y zas!

–Maestra, ¿no quiere tomar un refresco? —la maestra descruzó la pierna y se levantó de la silla, fue al escritorio. Se me desinfló el entusiasmo, estaba muy deglutida, si acaso talla 30. Le dije con desencanto:

–Oiga, maestra, se supone que en la escuela los educan, les inculcan sus valores y les dan su certificado de secundaria.

La maestra se dio la media vuelta esgrimiendo sus dos razones pectorales para llamar la atención.

–Mire, don Macs, lo de educar a su niño yo le digo de plano que no. Por una razón muy sencilla: porque no *soy santa Teresita del Niño Jesús para hacer milagros* —me alejé de las razones para no ilusionarla. Y lo del certificado nada más me paga la colegiatura de los tres años y acepto su invitación a tomar un refresco.

Acepté más por obligación paternal que porque me conmoviera su talla 30, la verdad no tenía de dónde agarrar jamón, pero di mi cien por ciento, el plus.

Así fue como ya no fue a la escuela Jorgito y terminó su instrucción secundaria en el Instituto Friedman Boy's. Con mucho sudor le conseguí su certificado de secundaria e iba contento a dárselo; fue la tarde en que vi cómo Jorgito diseñaba las pantaletas kotex; eran de exportación, las acomodó en una caja del servicio aéreo para el east de Los Angeles.

Bara, bara, señoritas, pantaletitas para andar a la moda, baratitas.

45

Mi beibi la estaba haciendo en grande y yo por tener un tamalón a mi lado: talla 44 justo y sabroso, no me di cuenta que los hijos de repente se vuelven hombrecitos.

El Matemático fue quien, muy acomedido, me enseñó el periódico, era el *Reformón*; porque el *Matemático, aunque es de Chalco, un municipio conurbado de Tenochtitlan, siempre ha querido dárselas* de otra clase social, burgués, por eso leía ese periódico.

Ése y el periódico **La Cornada**, *cómo nos tiraban*. Por eso ni *La Cornada* quería leer, parecía que esos reporteros nada más al vernos, a los ambulantes, en la calle, se les aguadaba el resorte de sus trusas, argumentaban que destruíamos sus tesoros artísticos; como si cada piedra de esos edificios no nos perteneciera y no estuvieran empapadas de gotas de sangre, sudor y lágrimas de nosotros y de nuestros papás y de nuestros abuelos y lo serán de nuestros hijos. Porque cuando se les acabe su juguetito se irán con su conciencia a jugar por otras causas perdidas que estén de moda.

Y no es que odie a los revolucionarios porque el maestro Vacunin me quitó a la Chancla y se la llevó a Cipolite, o les tenga tirria a los burgueses porque *no me dieron chance de trabajar en el Banco de México*.

No, lo que me caga es que siempre creen saber qué es lo mejor para los jodidos, aunque uno no esté de acuerdo con las recetas de ellos; se parecen al FMI y al BM. Y nos paran cada chinga en nombre nuestro que yo mejor paso por abajo y que digan misa desde su capillita; *como si hubiera empleos en otra cosa para tragar más o menos, antes al contrario, cada año hay menos empleos estables*.

En 25 años la zona de fábricas que había en Nonoalco-Tlatelolco bailó con la reconverción industrial y la globalización. Era a donde iba a trabajar mi jefecito. Ahora es un barrio quebrado, sólo los rateros se atrevían a vivir ahí hasta que han ido construyendo unidades habitacionales para la gente pobre, y ya se están formando tianguis con puros vendedores callejeros. Y las fábricas que existían al poniente de la parte vieja de la ciudad, por San Lázaro, igual ya no existen; ahora está la Cámara de Diputados, calles repletas de vendedores ambulantes y un montón de rateros a las entradas de la estación del Metro Candelaria de los Patos.

Por eso me cae gordo el Matemático porque siempre está dando las nalgas.

Hoy la moda de los gobiernos de derecha o de izquierda es desaparecer a todo jodido que obstaculice su proyecto de ascenso al poder. Y quieren dar una buena imagen ante el FMI y los capitales golondrinos; ser respetuosos de una "legalidad" que ellos diseñaron para sus intereses. ¡Bien verdolagas que son!

Toda esta pinche vomitada se me vino a la mente porque leyendo el periódico del Matemático encontré subrayado el nombre del Arqueólogo, *decía, que decía el* **New York Times**, que mi carnal era testigo protegido y había delatado las relaciones de políticos y funcionarios del gabinete del presidente, y de artistas famosos inmiscuidos en el narcotráfico:

Pensé: "*¡Otra vez los pedos!*".

Seguía el periódico diciendo que *mi carnal era guardaespaldas del Señor de los Infiernos y que había sido policía.*

Eso yo ya lo sabía, pero resulta que el *señor procurador* de la República decía que no era cierto que, mi carnal, fuera policía y para acabar pronto el Arqueólogo estaba loco, era un mitómano. Por tanto, lo publicado por el *New York Times* era delirante, principalmente lo de los funcionarios y políticos inmiscuidos en el narcotráfico. Aquí, todos en charrolandia éramos decentes y trabajadores desde tiempos de la Revolución de Mexiquito; contimás ahora que nuestro neoliberalismo triunfaba a favor de las clases más jodidas.

Eso sí *el Arqueólogo era testigo protegido de la Procuraduría* pero todo lo que dijera era cuento de un paranoico, un psicótico, un maniaco depresivo, un individuo perverso que se le habían aflojado las tuercas del cerebro. Explíqueselo usted, porque yo esta situación no la entendía: mi *I. Q. se quedaba babas.*

Yo tan sólo sabía que era policía. Era todo lo que sabía de mi carnal, *el Arqueólogo.* Y como los del gobierno siempre andan diciendo mentiras, concluí que lo que había dicho el *Arqueólogo era verdad.*

Fue cuando llegaron unos monos de traje y con papeles en la mano y como cien monos de casco, careta, botas, chalecos antibalas, metralletas, y con las jetas ocultas con pasamontañas como la del supcomandante Marcos. Me preguntaron:

—¿Usted es hermano del Arqueólogo?

Y yo con el culo fruncido y la lengua seca por andar de hocicón, les contesté al llegue, nada más para apaciguar el miedo:

—Sí, ¿cómo está? —entonces respondiéronme:

–*¡Estaba!*

Tres veces sentí cómo el fufurufo se me frunció, cómo pálpitos me dieron.

Eran de la Procuraduría de la República, se les veía que traían un pedo atravesado, porque...

–*¿Desde cuándo no lo ve?*

–Uy, pues de repente llega y se va.

–Pero cuándo fue la última vez que llegó y se fue.

–Uy, pues hace como un año.

–¿No ha venido en estos últimos días?

–No, *pues si le digo que no pues es que no* —me miró feo el poli, entonces aflojé la actitud—: Además si anduvo por aquí, a veces ni nos visita. *No es un carnal cariñoso* con la familia.

–Eso nos dijeron.

Se rascó la cabeza, dobló sus papeles y se fue con los otros señores.

A la vuelta, en la otra calle tenían un convoy de soldados y de la policía federal. Dicen que los señores llegaron y se fueron en un helicóptero que aterrizó en la plaza del Zócalo.

Estaba hecho un pendejo porque siempre pensé que *el Arqueólogo era policía de la Judicial Federal y ahora resultaba que era de los contrarios*.

Cuando se lo platiqué a mi mamá, ella me aseguró que el Arqueólogo sí era policía y el procurador era un mentiroso.

–Ay, hijito, ni que estuviera loca. Cuando llegaba a quedarse, se ponía su chaleco antibalas para dormir, se quitaba la pistola y dejaba su credencial de policía sobre el buró. ¿No luego le hablaban de la Procuraduría?; y ahí iba a la frontera.

–*A lo mejor era su jefe, el Señor de los Infiernos, quien le hablaba*.

–No, hijo, venían policías por él, igualitos que él y se emborrachaban igualito que él; *todos se vestían como norteños*.

Yo sí, todos esos días *tuve lo güevos en la garganta*; ya ven cómo es la policía con esas cosas mientras averiguan; a los familiares les ponen unas chingas. Entonces, por el dicho de mi mamacita y el dicho del procurador llegué a la conclusión de que el Arqueólogo sí era guardaespaldas del Señor de los Infiernos, Virgilio Carrillo; pero también era comandante de la PGR, y se andaban peleando entre todos ellos.

*Bara, bara, marchantita, antes de que se me acaben las pan-
taletitas, baratitas.*

46

**Después del susto del Arqueólogo que por un buen rato nos
tuvo en suspenso, llegó la calma pero no hay calma chicha que dure
cien días ni jodido que se aburra.**

Y es que en el amor uno siempre espera que ese día sea el bueno, y
siempre al atardecer llegan los desengaños del corazón. ¡Ay, ya me
volvió a dar el dolor!

Días después llegó la Chancla desde el east de L. A. Se apareció preguntando por su hijo: el hijo que hacía dieciséis años había dejado en brazos de su ex-galán, el Maciosare:

–¿Dónde está Jorgito? Me dicen que le va muy bien, Macs,
dónde lo puedo encontrar.

Yo, *usted podrá pensar que qué pendejo*, pero ahí con esas acciones, qué dice. Se queda uno mudo, hipnotizado por la condición
humana.

–No te quedes mudo, no seas egoísta, *no le niegues a tu hijo
el cariño de una madre.*

El interés tiene pies y la Chanclita sabía muy bien el camino
exitoso que se construía Jorgito; un jovencito sin los estudios de su
jefe y que ganaba muchísimo más dinero que él, el Maciosare; la verdad, mi beibi la estaba haciendo en la vida.

–¿Es cierto que le va muy bien? —con ansias me preguntaba
la Chancla.

–Sí, gana mucho dinero —se lo dije nada más para ver cuánto
aumentaba de talla.

Revisé el rostro de la Chancla, sus manos, su pelo, su boca; escuchaba sus palabras y las escuchaba tal cual era y tal cual la recordaba.

En el fondo me sorprendí y no me reconocí, al darme cuenta
que *para nada mi vista había buscado su tamalón.* Y eso que traía
unos pantalones de licra ajustados, color rojo bermellón: *ya se veía
ojerosa y cansadona, rozando los cuarenta de existencia.* Y como se
dice: el tiempo no pasa de balde.

Es más, *su Sirenón* se me hacía aguado, adelgazado, sin forma; *un bofe añejo a punto de cecina de Yecapixtla.* Se había achicado

hacia los confines de la talla 34; era un tamal oaxaqueño, aplastado, grasoso y plano, había perdido la gracia del tamal esponjoso. Le dije como nunca le había hablado:

—*¿A qué chingaos vienes?*

—Macs, no me ofendas, vengo por mi hijo. Quiero que se vaya conmigo a Los Angeles, al primer mundo.

Hasta la voz me salió, acá, ronca, de cabrón.

—El gringo oriundo de Aztlán, ya te botó, ¿verdad?

Pero la Chancla era una chancla siete suelas.

—No, Macs, por favor, no era mi viejo: a poco te lo creíste, Macs. No, el señor era el dueño de la Cross Your Panty.

Con su perdón de usted, ofendí a la dama de puro coraje:

—¡Hija de la chingada! O sea que la patente no se te quedó.

—Ay Macs, si serás pendejo. Olvídalo, no te quedes en el pasado. Vive el nuevo milenio. Cristo es amor.

Me quedé como dijo ella, pendejo. *Y que le vuelvo a mentar la madre*:

—¡Chinga tu puta madre, hija de la rechingadamadre!

La Chancla, petrificada como si fuera una estatuilla de ónix, buscó a su camote, *un tipo negro con cara de Martin Luther King*, que hasta ese momento más bien me pareció un san Martín de Porres. Su camote se paró frente a mí.

—Órale, cabrón, respete el dolor de una madre. Nada más viene por lo suyo: su hijo —bueno más o menos eso me dijo pero medio en inglés y medio en español con un dejo a gospel.

Recordé *a Mateo 7:7* en la voz de mi Atalayita:

"Pedid, y se os dará; buscad, y hallaréis; llamad, y se os abrirá..."

Y como va. *Que surto de madrazos al pastorcito*. Casi lo hago taquitos con piña. La Chancla quiso defender a su bombeador, pero esquive sus arañazos; y cuando tuve a la vista su tamalón, que la agarro como balón de futbol, de tres dedos; Maradona me hubiera envidiado. Apenas la alcanzó a cachar el pastor gringo negro.

Santo remedio. Se largaron de mi vista. Lo que no pensé es que se iban a ir por la libre.

Bara, bara, señora, para sus hijitas, pantaletitas ajustaditas, baratitas.

47

La cosas llegan y se van y muchas veces regresan de nuevo. Nada más para alimentar la confusión en los sentimientos. Yo quería mucho a mi hijo pero su forma de ser me desencantaba de la vida. En ese sentido me hizo ser valemadre con él.

El Arqueólogo me lo decía:

—Ese pinche escuincle del Jorgito tiene unos güevotes de dinosaurio. ¡Ese cabrón sí es mi sobrino!

Yo no había tomado conciencia de que el Arqueólogo lo quería; hasta era muy afectuoso con él. Me asombraba mi carnal: de pronto, como nunca, *era afectuoso de palabra y obra*; mejor que con su propio hijo, el Alfredito. Mi jefecita me explicó todo:

—¿Ay, hijo, en dónde vives, en Babia? Cuando me dejabas al niño, el Arqueólogo se lo llevaba. Ya ves cómo era, ni modo de decirle no. ¿Te acuerdas cuando le tiró a Beto sus zapatos en la coladera? Ese día había andado todo el día con su tío.

—Y por qué no me lo dijeron.

—¿Para que se sintiera si le reclamabas?

—¿Y lo de la droga? *¿Cómo comenzó a venderla?* Yo nunca le enseñé eso, yo le enseñé a chingarse a trabajar. A mí se me hace que ese cabrón le enseñó.

—Ve a saber. Porque aquí tampoco pudo agarrar esas mañas.

—¿La Chancla le hablaba por teléfono?

—Ay, hijo, hasta piensas. No, los chiquillos de ahora son más listos. *Ya se dieron cuenta que no sirve estudiar.* ¿Para qué? Vete, cómo estás de jodido.

Sentí feo que me dijera eso mi jefecita. Sentí feo darme cuenta que todos, en todo este tiempo, *habían llegado a la conclusión que yo vivía en el error.*

Ahora mi jefecita parecía que se doblaba ante la dureza de la realidad; *el delito dejaba.* Mi jefecita me sonrió llena de complicidad.

—Pero tú andas tranquilo por la calle, Macs. No como tu hermano, el pobrecito vive escondido.

—Jodidos pero contentos, jefecita —sonreí con amargura dejando ver mi desencanto. Yo creo que mi Jorgito, más que seguir mi ejemplo quiere seguir el de su tío.

—*Siempre fue vivillo desde chiquillo.* ¿Ya viste la motocicleta tan bonita que se compró, el niño? —en mi jefecita se habían resecado las ilusiones.

Y sobre el jodido cárguenle el IVA. Unos putos policías entraron como si estuvieran en su casa. Mi jefecita con paciencia los miró. Traían una orden de cateo.

Revolvieron todo: la cama la dejaron patas arriba, el ropero tirado, ni siquiera preguntaron por lo que buscaban. Ocho horas encerrados mi jefecita y yo. *Nos tuvieron como santitos de yeso*:

–No se muevan.

Como a las dos horas de que se fueron los polis llegaron a decirnos unos patrulleros que *el Arqueólogo tenía 33 balazos en el cuerpo*. Su cuerpo estaba tirado cerca de una caseta telefónica; parece que lo habían cazado hablando por teléfono.

Mi jefecita ni chistó. En silencio encendió una veladora y la puso frente a la Guadalupana, se persignó y comenzó a rezar un rosario.

–Dios lo tenga en su Santa Gloria...

Jorgito entró en chinga, botó la motocicleta en el suelo, vio a su abuelita, quiso ir con ella para abrazarla, lo detuve, salimos al andador.

–¿Y tú cabrón, cuándo vas a volver a la escuela?

–¿Para qué, jefe?

Primero los güevos se me fueron hasta el cielo y segundo se me bajaron hasta el infierno. Me faje bien y lo mire de frente, con ganas de que me creyera:

–Cómo que para qué, Jorgito, para que seas un hombre de bien, para que te vaya bien en la vida, para que vivas mejor —me sentí hipócrita con el consejo.

El pinche Jorgito, que no era hombre de palabras sino un jovencito de acción, sacó de su pantalón varios fajos de billetes. Yo la verdad, le soy sincero, ya no me salían las palabras; *me daba coraje conmigo mismo ver cómo mi hijo era más chingón que yo para ganar dinero*. Y eso que yo había estudiado una licenciatura, era creativo y entrón para el trabajo; y él apenas con la primaria cursada y la secundaría terminada a mordidas.

–No, jefecito, usted no me embarca; para qué le hace al maje. ¿Le digo una cosa?: *cuando mi tío se burlaba de usted por vender pantaletas yo sentía feo*. Usted presumiéndole sus estudios. Y él pavoneándose con sus alhajas. Él tenía razón. Yo lo quiero jefecito, pero si le hago caso me va a dañar.

—Hijito de mi vida ¿qué quieres? *¿Que te metan a la cárcel o ser baleado como tu tío?*

—La verdad, jefe, yo quiero ser rico. Yo no quiero estudiar para andar en la calle vendiendo pantaletas y que me den de macanazos los policías; de una vez en grande, *de güevos a güevos*. Y si no pues ya qué... Mejor que andar causando lástimas.

Jorgito tenía dieciséis años de edad y ya no era mi niño; era un cabrón güevudo como su tío el Arqueólogo.

—No, hijo, *cómo crees, estudiar es chingón*, te ayuda a ser mejor *aunque no ganes dinero* —me desesperaba no poderme explicar y convencerlo de que estudiar es importante aunque no se gane dinero; que de todos modos uno se vuelve rico de otra manera. Pero *me sentía un pendejo diciéndoselo*; yo sabía que era cierto pero la realidad de ese momento reafirmaba mi etiqueta de pendejo:

—No sé cómo decírtelo, hijo, pero el estudio te hace mejor por adentro —*y* ni cómo demostrárselo para que lo palpara—, el estudio te ayuda a ver al mundo no tan jodido aunque uno esté jodido; siempre tienes la ilusión de que todo va a ir mejor, al menos te das cuerda y *no te metes en pedos* —terminé de decirlo sin la convicción de poder hacerlo cambiar de modo de pensar. Simplemente se veía mejor comido y vestido que yo. Convencerlo de otra cosa estaba cabrón.

—*Usted es buena onda, jefecito, pero me lo agarran de maje*; ¡y yo ni madre! No me voy a dejar. Mejor como mi tío, rifarse la vida para vivir chingón y no andar mendigando con los inspectores y los policías. *Todos chingan, jefe, menos usted; se pasa de trabajador.* No, jefe, gracias.

Tenía pavor de escucharlo hablar así, no sentía que me lo dijera para faltarme al respeto o estuviera enojado y quisiera vengarse del padre, no, ahí radicaba mi pavor, el güey lo decía creído, neto, *como si pensara que el mundo se lo podía comer sin pedir permiso*.

No le dije nada, no tiré golpes y bajé la guardia, salí al andador de la unidad habitacional.

Sería la depresión o vaya a saber qué, me di cuenta: los condominios que nos habían construido después de los sismos del 85 se habían avejentado, despintado; *tenía la sensación de que se habían encogido*: en la mayoría de los departamentitos donde hace doce años empezó viviendo una familia, ahora, vivían dos o tres familias. Había muchos niños jugando en los prados inundados de basura, las paredes de los edificios estaban pintarrajeadas con grafitis; en el pasillo que desembocaba al andador unos adolescentes robaban a un señor de traje —*hasta los calzones le quitaron*—; de las ventanas les aventaron de naranjazos.

En medio de esa lluvia de naranjazos se apareció, *¿quién cree?* La Chancla.

Cuando vio a Jorgito corrió a abrazarlo, con gran amor maternal lo besó. Se deshacía en expresar su inmenso amor.

Jorge, al fin hijo, la abrazó también.

Madre e hijo se fundieron en un cariño que me rompió cuanta madre tenía en ese momento. No eran celos, simplemente no podía creer en ese amor.

—*Perdóname, mi hijito, por dejarte con este hombre*; te vine a buscar.

Quién sabe cómo llegó el negro de la Chancla. Ella lo tomó de su mano negra y la llevó a la de Jorgito y le dijo:

—*Mira, hijo, te traje a un nuevo papá...* Martin Smith.

Jorgito los miraba y me miraba. Mi jefecita se apareció en el marco de la puerta.

—*¡Jorge!* —le gritó a su nieto.

La Chancla la miró con recelo:

—Ya está esta pinche vieja de metiche. Vente hijo, vámonos a la calle.

Jorge le hizo un guiño a su abuela y salió con su madre y dizque su nuevo papá.

Mi madre se tambaleó. Corrí a ayudarla, la abracé. Me imploró:

—¿Me acompañas a reclamar el cuerpo de tu hermano?

Le digo: un jodido no se aburre, el chiste está en saber aguantar la risa.

Bara bara, marchantita, que me voy, pantaletas a su medida, no sufra, baratitas.

48

Los amores van y vienen y los hijos se van y llegan otros para volver a intentarlo.

Así es la vida: da y quita.

Mi beibi se pasaba temporadas en Los Angeles y temporadas en Mexiquito. Yo, como se dice, di un paso al costado ante la expropiación de la Chancla.

Un día, cuando Jorgito andaba en Chilelandia, la voz del rumor llegó hasta mi puesto de pantaletas:

—*Ya se chingaron al Jorgito.*

Una gorda, que no sé cómo se llama, llegó y me lo dijo. Mis piernas temblaron. Ni pregunté. Corrí con una bola de amargura atragantándoseme. No era lejos, dos calles adelante; había una bolita de gente alrededor de una coladera.

La bolita se abrió a mi paso. Luego luego lo reconocí por el pelo, estaba arrempujado en el fondo de la coladera, como si estuviera sentado en cuclillas.

Ese día, muy tempranito, había pasado a saludarme en su motocicleta.

Me costaba trabajo sacarlo de la coladera, jalaba sus brazos y no oponía resistencia pero el cuerpo no subía.

La gente se acomidió a ayudarme.

Lo habían metido ahí quebrándole los huesos de las piernas. El corazón se encoge, se hace chiquito.

Una señora madura, cuando tuvo a su alcance el cuerpo de mi hijo, *le soltó dos cachetadas a todo lo que da y le gritó con desesperación*:

—Ya no estés cotorreando a tu jefecito Jorgito, *despiértate.*

Yo estaba tan acongojado *por la Virgencita de Guadalupe,* que no pelé las cachetadas, nada más quería acariciar su carita; tenía una incipiente barba y espinillas en la frente. La señora al ver que no se movía, lo agarró por los cabellos y lo zangoloteó.

—Ya pinche Jorge, no juegues, *me estás asustando cabrón, se va a enfermar mi hija.* Te voy agarrar de los güevos si no te despiertas —y como va, que le estruja los güevos. ¿Y qué cree?

Mi hijo se movió. *Vivía.* Preguntó a la señora por su hija.

—¿Y Lissette, está bien?

—Ya está bien, por eso te vine a buscar a la coladera. Pensé que sí te habían quebrado el espinazo.

—Ni madre, suegra, hasta para matar se necesitan unos güevotes.

Llegó la ambulancia, respiraba, me hicieron a un lado los paramédicos y se lo llevaron; iba pegando semejantes gritotes; creo yo comenzó a sentir los dolores de las piernas. Yo fui con ellos. Pero en cuanto dijeron que la libraba lo dejé.

Bara, bara, chiquillas, amigochas, pantaletas para lucir la línea, baratitas.

49

El amor es lo último que se deja de encontrar; siempre está ahí para tropezarse con gusto y más cuando uno se encuentra una Atalayita que en las buenas y en las malas está para dar el amor carnal y el amor a Dios.

Mi carnal le dejó a mi jefecita una residencia con jardín en un fraccionamiento de Tecamachalco —era casi vecina de Salo—, dos camionetas suburban, un buen de dólares como *para instalar una cadena de estéticas para su camote y poner de director al Alfredito que en eso era un hombre exitoso.*

Mi jefa se ve más joven y he visto su rostro iluminado y su pelo teñido de rubio y practicando aerobics. *Ya no vota por el* PRI *ahora vota por el* PAN.

Me dice que me vaya a vivir con ella pero siempre he sido responsable de mantener mi familia y mi mismo; así me siento bien.

Jorgito, caminando chueco se fue con su novia a vivir a Los Angeles; la Chancla está feliz porque va a tener un nieto.

El güey se salvó de la madriza que le dieron. Reconozco que *no basta el amor para educar a un niño*: la pobreza es cabrona y nos hace duros, violentos. Pero si no fuera así, no habría jodidos, *ya nos habrían hecho en tacos* siguiendo los consejos de mister Swift, asesor del FMI, para canapés en los cockteles de las familias que salen en la revista *Forbes* o del Jet-Set de las ONG's.

Ahora he entendido que el negocio es el negocio y el cucu es el cucu.

Atalayita tiene un tamalón sabroso talla 44 y lo mueve como si batiera chocolate. No sólo eso me atrae de ella, sino su palabra, la palabra que en la intimidad de la cama y debajo de las sábanas, me la dice:

—*Deja que entre la luz a tu corazón... descubre al Señor...*

Ella es muy estudiosa de la Biblia y me ha ayudado ha encontrar a Cristo. Nuestro único punto de conflicto es que ella quiere que no crea en la Guadalupana, pero eso yo se lo he dicho de frente: va estar cabrón. Concedo, puedo creer en Cristo pero no sólo en él; *me hace falta la Lupita*, la Jefa, la que me hace fuerte. Ella y Don Benito Juárez son la luz que inculcaré a nuestro hijo. Quiero enseñarle cómo *ese in-*

dio zapoteca fue un cabrón, chingón, que no se dobló, que le vieron los güevos los franceses y se espantaron; que es el más exitoso personaje en nuestra historia patria, porque ni le quemaron los pies como a *Cuauhtémoc, el último emperador azteca;* ni le cortaron la cabeza como a *Miguel Hidalgo, el padre de la Independencia;* ni lo dejaron agujerado como a *Francisco Villa y a Zapata,* en la Revolución; ni lo fusilaron en una penitenciaria como a *Panchito I. Madero,* el espiritista de la democracia. *Don Benito luchó, ganó, disfrutó el poder y se fue al cielo desde su cama; es el self-made man de la república de Chilelandia.*

Por eso amo a Atalayita, me respeta y me deja ser, es cristiana pero no se impone. Además es muy buena para vender por Internet.

Antes, por ese medio, ella vendía la palabra del Señor a nombre de su iglesia, y era en toda Latinoamérica y en las regiones de Estados Unidos donde viven latinos. Ahora ha creado una página en la web para *The Tamalon Style;* "pantaletas para las mujeres buenotas"; y ya es una marca registrada.

Incluso iniciamos una campaña promocional por *e-mail* proponiéndole a la *Lengüinsky,* con su respectivo porcentaje, que *nos permita usar su imagen, como icono de la belleza del tercer milenio.*

Según nuestras investigaciones hay un alto porcentaje de mujeres que quiere liberarse de la tiranía de la anorexia en las ciudades del primer mundo. Y pronto será moda y valor estético lucir el mondongo amplio y redondo.

Por eso doy gracias al Señor y a la Virgencita de Guadalupe, ya que soy cristiano plural como Atalayita. Es más ahora me gustan las cumbias y vallenatos de Lizandro Meza:

"Gloria, gloria y aleluya, ya José Maciosare se convirtió, gloria, gloria y aleluya, ya el pecado terminó. Dónde va José tan triste, dónde va José tan solo, di, di José dónde vas. Voy al pie de la montaña, a conversar con el Señor y preguntarle por qué hizo aquél como él y también me hizo a mí como soy yo... Dónde va José tan solo, voy al pie de la montaña a conversar con el Señor y preguntarle por qué yo he perdido la fe y el mundo está lleno de dolor, gloria , gloria y aleluya, ya José se convirtió, gloria, gloria y aleluya, ya el pecado terminó..."

La verdad, mi jefecita me pudo fallar con el estudio, mas no en lo que me inculcó: *mi amor atávico por la Guadalupana.* Ahora me siento como Juan Diego abriendo nuevas rutas para la raza de bronce. Un camino de rosas y cardos nos espera en el tercer milenio, pero Dios mediante con la mística del Carruaje Juariano la haremos.

Con decirle que mi hijo que viene en camino se va a llamar Benito, no como Mussolini, sino como Don Benito Juárez, y por segundo nombre llevará el de Guadalupe: Benito Guadalupe Bartolache Galán, el elegido del sí-se-puede.

Bara, bara, pantaletas, muñequita, para el tamal, baratitas; el último grito de la moda.

¡Pantaletas!,
escrito por Armando Ramírez,
demuestra que la picaresca española
y los esperpénticos personajes valleinclanescos
en versión latinoamericana gozan
aún de buena salud.
La edición de esta obra fue compuesta
en fuente palatino y formada en 11:13.
Fue impresa en este mes de noviembre de 2001
en los talleres de Litográfica Ingramex, S.A. de C.V.,
que se localizan en la calle de Centeno 162,
colonia Granjas Esmeralda, en la ciudad de México, D.F.
La encuadernación de los ejemplares se hizo
en los talleres de Dinámica de Acabado Editorial, S.A. de C,V.,
que se localizan en la calle de Centeno 4-B,
colonia Granjas Esmeralda, en la ciudad de México, D.F.